KB023704

우 리 는
귤 멍 멍 이

유 기 견
아 이 돌

살아있었다면 멋진 반려견이 되었을
탱자를 기억하며

국내 최초 유기견
아이돌 프로젝트!

구낙현
김윤영
지음

우리는
귤멍멍이
유기견
아이돌

동그람이

차례

국내 최초 유기견 아이돌 프로젝트
'귤멍멍이!'

우리는 제주도 시골 잡종 연습생들을 반려견으로 데뷔시키기 위해 케이팝K-POP 연습생 콘셉트를 활용하여, 치열한 유기견 입양 홍보 업계에서 흥행에 성공했다. 열일곱 멤버들의 화려한 데뷔 성공 신화를 이루어낸 것이다. 지금은 마지막 멤버 오렌지만이 남았는데, 이 책이 출간되기 전 반려견 데뷔에 성공하여 대미를 장식할 수 있길 고대하고 있다.

종종 '절대 데뷔해'를 외치는 과몰입한 사람들로 가득한 팬미팅 현장에 취재차 방문한 인터뷰어의 흔들리던 동공이 생각난다. 강아지 아이돌이라는 말을 들었을 때 일반적으로 상상하는 모습과 다른 큰 시골 잡종개들이 모여 있는 광경에 당황했을 마음과, 이내 과몰입에 동참하여 데뷔를 응원해주던 마음이 이해가 되어 생각하면 자꾸 웃음이 난다.

가끔은 스스로도 웃음이 나는 이 얼렁뚱땅 귤명명이 데뷔 프로 젝트가 성공리에 마무리되어가고 있다니. 쓰레기 더미 마당에서 마주친 개들을 외면하면 이들의 미래가 불 보듯 뻔해서 그저 가족을 찾아주려던 것이었는데. 일이 자꾸만 커지더니 지금 책의 프롤로그를 작성하기에 이르렀다. 멤버들의 데뷔를 위해 불철주야 매진해오는 사이 그동안의 과정에 대해 기록할 시간도, 이야기를 나눌 기회도 없었는데, 이렇게 글을 통해 그간의 일을 정리하고 기록할 수 있게 되어 기쁘다.

TV와 라디오, 신문은 물론 뉴미디어에도 진출한 귤엔터테인먼트(이후부터 귤엔터)가 이제는 출판계에도 진출할 차례가 아니냐며 출간을 제안해준 동그람이북스에게 이 자리를 빌어 감사 인사를 전한다. 사실 다니던 직장을 그만두고 반려견 금배와 제주에 오기로 결심했을 때 그동안 미뤄둔 꿈을 이루기 위해 글을 쓰겠다는 다짐을 했다. 그때 쓰고 싶던 글은 지금 쓰고 있는 것과는 매우 다르지만 이러나저러나 글을 쓰고 있으니 이 또한 얼렁뚱땅 이루어졌다고 할 수 있겠다.

금배와 걷기 좋은 곳을 찾다가 제주에 오게 되었고, 제주의 자연 속에서 산책하다 보니 길을 떠도는 개들과 마당에 묶여 사는 개들을 매일 같이 마주치게 되었다. 길에서 스쳐 지나간 개들이 대부분 포획되어 안락사 되는 것을 알게 되었고, 숫자로만 남는 이들의 생을 기록해보자는 생각에 '들개 아카이브'라는 이름을 붙인 SNS 계정을 만들어 사진을 올리기 시작했다. 그렇게 결연한 마음으로 카메라를 든 지 불과 며칠 지나지 않아 우리는 우연히 어떤 마당에 다다르게 되었다. 쓰레기 더미 가운데 방치된 마당개와 들개 사이에 태어난 개들이 뛰어다니는 마당. 그 마당에서 이 책의 모든 이야기가 시작된다.

사람들은 종종 우리가 세계관과 콘셉트를 활용하여 참신한 유기동물 입양 홍보 방식을 도입했다고 이야기하며, 비슷하게 유기묘 아이돌처럼 다른 콘셉트를 적용한 사례들의 소식을 전해주기도 했다. 하지만 사실 우리는 세계관이나 콘셉트를 만드는 일에 특별히 관심이 있었던 것이 아니다. 오히려 우리가 몰두한 것은 이 열아홉 명의 중형 잡종개들을 둘러싼 수많은 편견에 대해 문제를 제기하는 것이었다.

누군가는 우리에게 중형 잡종개들은 마당에 묶여 사는 것이 당연하다고 했고, 크고 지저분해서 실내에서 키우기 힘든 존재들이라고도 했다. 다른 누군가는 이들이 불쌍해서 어떻게든 구해주어야 하는 존재라며, 예뻐해 주는 사람을 만나기만 해도 복 받은 것이라고 했다. 또 다른 누군가는 이들이 '문제행동'을 해대는 골칫덩어리라고 하기도 했다. 이런 말들을 들을 때마다 우리는 개를 둘러싼 이 사회의 견고한 벽에 부딪히는 기분이었다. 그런 점에서 아이돌 연습생이라는 콘셉트는 이 개들이 원래 그렇게 살아도 되는 존재가 아니고, 불쌍한 존재도 아니며, 여러 가지 매력과 특성이 있는 존재라는 이야기를 하기 좋은 장치였다. 우리는 이 개들이 인간과 다름없이 당연히 존중받아야 하는 존재라는 전제하에서 이야기를 시작하고 싶었다. 그렇게 출발한 세계관이 점차 확장해나가기 시작했고 스스로 점점 더 몰입하게 되었던 것이다.

굴엔터를 이끌어온 1년은 인간이 주고 싶은 것 말고 개의 입장에서 좋은 삶을 산다는 것이 무엇인지 끊임없이 생각하게 되는 시간이었다. 개들이 겪은 삶과 개들에게 좋은 삶이 과연 무엇인지를 인간의 언어로 설명하려다 보니, 우리 자신의 경험 안에서 언어를 찾게 되곤 했다. 그러면서 여러 가지 일들을 되돌아보게 되기도 했고, 달음질치고 싶었던 옛 기억이 새롭게 해석되기도 했다. 개들의 삶을 설명할 언어를 찾고 싶었는데 도리어 우리 삶에 대한 언어가 생긴 기분이었다.

이 책은 열아홉 굴멍멍이들이 가족을 찾아가는 유쾌한 과정의 기록이자, 그것을 이루고 싶었던 우리의 고군분투의 기록이다. 책을 읽는 사람들에게 우리의 고민을 함께 나눌 수 있다면 더할 나위 없이 기쁠 것이다. 그러기 위해서는 물론, 과몰입은 필수다. 전격 반려견 데뷔 준비 중! 반려견 연습생들의 세계로 당신을 초대한다.

노 지 감 귤 즈

'엄마는 아이돌!' 귤멍멍이 최초 발견 당시 마당에 묶여 있던 다섯 성견으로 이루어진 그룹이다. 마당의 가장 오래된 멤버 온주와 감귤, 그리고 온주의 자식인 3남매로 구성되었다.

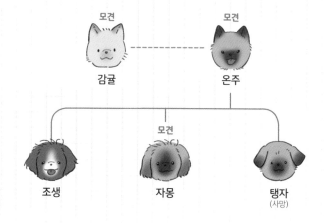

제 주 탠 져 린 즈

모견

감귤

귤엔터 1기 반려견 연습생 그룹. 최초 발견 당시 마당을 뛰어다니던 7남매로 구성되었다.

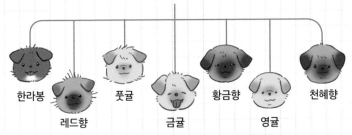

한라봉　　레드향　　풋귤　　금귤　　황금향　　영귤　　천혜향

제 주 만 다 린 즈

모견

자몽

'멍Z세대'를 표방하며 구성된 2기 반려견 연습생 그룹. 제주탠져린즈보다 4개월 정도 늦게 태어난 7남매로 구성되었다.

포멜론　　라임　　스위티　　베르가모트　　레몬　　유자　　오렌지

노 지 감 귤 즈

기쁨의 꼬리춤을
멈추지 않을 거야.
나도 누군가의 의미가 될 거야!

다정해~
ツ/川

INFP

NAME : 감귤

TEAM : 노지감귤즈

DATE OF BIRTH : 2019년 (추정)

FAMILY: 제주탠져린즈의 모견

DEBUT: 2022년 11월 8일

DEBUT NAME: 감귤

🐾BTI: INFP

NAME : 온주

TEAM : 노지감귤즈

DATE OF BIRTH : 2019년 (추정)

FAMILY: 조생, 자몽, 탱자의 모견

DEBUT: 2022년 8월 1일

DEBUT NAME: 온주

🐾BTI: ISFJ

"단발머리 찰랑이며 행복으로
뛰어갈 거야! 내 온 무게를 걸고
그대에게 전속력으로!"

NAME : 자몽

TEAM : 노지감귤즈

DATE OF BIRTH : 2021년 6월 (추정)

FAMILY: 제주만다린즈의 모견

DEBUT: 2022년 8월 7일

DEBUT NAME: 자몽

🐾BTI: INFP

NAME : 조생

TEAM : 노지감귤즈

DATE OF BIRTH : 2021년 6월 (추정)

DEBUT: 2022년 5월 11일

DEBUT NAME: 조생

🐾BTI: INFJ

NAME : 금귤

TEAM : 제주탠져린즈

DATE OF BIRTH : 2021년 9월 (추정)

DEBUT: 2021년 12월 6일

DEBUT NAME: 신나요

🐾 BTI: ISFP

저, 아기 사슴 레드향.
들판의 아기 사슴처럼
행복한 춤을 추며 살래요.

NAME : 레드향

DEBUT : 2022년 4월 7일

TEAM : 제주탠져린즈

DEBUT NAME : 이브

DATE OF BIRTH : 2021년 9월 (추정)

✿BTI : ENFJ

열정 없이
사느니 죽는 게 낫다!
오늘의 장난을
내일로 미루지 말라!
열정!

NAME : 영귤   DEBUT: 2022년 4월 15일

TEAM : 제주탠져린즈   DEBUT NAME: 영귤

DATE OF BIRTH : 2021년 9월 (추정)   🐾BTI: ENFP

삑삑이송라이터이자 아이돌로서
한결같은 진심을 보여드릴게요!

NAME : 천혜향   DEBUT: 2022년 2월 19일

TEAM : 제주탠져린즈   DEBUT NAME: 산초

DATE OF BIRTH : 2021년 9월 (추정)   🐾BTI: INFJ

NAME : 풋귤

DEBUT: 2021년 12월 10일

TEAM : 제주탠져린즈

DEBUT NAME: 풋귤

DATE OF BIRTH : 2021년 9월 (추정)

BTI: ENFJ

NAME : 한라봉

DEBUT : 2022년 2월 8일

TEAM : 제주탠져린즈

DEBUT NAME : 혜준

DATE OF BIRTH : 2021년 9월 (추정)

BTI : INTJ

차려진 밥상에 숟가락만
얹어서 잘 먹어 보겠습니다!

ESFP
제국적이야!

NAME : 황금향　　　　　　DEBUT: 2022년 1월 22일

TEAM : 제주탠져린즈　　　　DEBUT NAME: 창석

DATE OF BIRTH : 2021년 9월 (추정)　🐾BTI: ESFP

제 주 만 다 린 즈

> Manners
> Maketh Mung.
> 모두의 평화를 위해
> 기도할게요.

ISTJ

차분해

NAME : 포멜론

TEAM : 제주만다린즈

DATE OF BIRTH : 2022년 1월 (추정)

DEBUT: 2022년 8월 6일

DEBUT NAME: Olive. P

BTI: ISTJ

MEMBER PROFILE   25

수줍어하지 마, 괜찮아.
내가 곁에 있잖아!
달콤한 삶이 뭔지 보여줄게!

NAME : 스위티

TEAM : 제주만다린즈

DATE OF BIRTH : 2022년 1월 (추정)

DEBUT: 2022년 8월 10일

DEBUT NAME: 스위티

🐾BTI: ENFP

NAME : 유자　　　　　　　　　DEBUT : 2022년 7월 22일

TEAM : 제주만다린즈　　　　　　DEBUT NAME : 유자

DATE OF BIRTH : 2022년 1월 (추정)　🐾BTI : ESTP

Hello, World!
Love Yourself and
Gyul-MungMung-E!

카리스마!

ENTJ

NAME : 베르가모트 DEBUT : 2022년 8월 10일

TEAM : 제주탠져린즈 DEBUT NAME : 베르

DATE OF BIRTH : 2022년 1월 (추정) BTI : ENTJ

굴엔터 제일 가는 오락 부장.
우리 가족은 내가 평~생
놀아줄게!!!

NAME : 라임

DEBUT : 2022년 5월 14일

TEAM : 제주만다린즈

DEBUT NAME : 담이

DATE OF BIRTH : 2022년 1월 (추정)

🐾BTI : ESFP

NAME : 레몬   DEBUT: 2022년 11월 26일

TEAM : 제주만다린즈   DEBUT NAME: 레몬

DATE OF BIRTH : 2022년 1월 (추정)   🐾BTI: ENFJ

NAME : 오렌지

DEBUT: 당신의 선택을 기다립니다!

TEAM : 제주만다린즈

🐾BTI: ENTP

DATE OF BIRTH : 2022년 1월 (추정)

안녕하세요?
굴엔터의
구대표입니다.

굴이사입니다.

금배이사라고
불러주세요.

길거리 캐스팅의 명가

반려견
데뷔 프로젝트!

굴엔터테인먼트를 소개합니다!

귤엔터만의 차별화된
반려견 트레이닝 시스템을 공개합니다!

잠재력 있는 견犬재를 찾아내는 길거리 캐스팅!

연습생들의 매력을 돋보이게 해줄 프로필 촬영!

장점을 이끌어내 줄 꼼꼼한 인터뷰!

데뷔 준비 연습까지!

그분만이 아닙니다!

귤엔터와 전속 계약을 하는 조건은!

비가 오나 눈이 오나 하루 2회 이상 산책!

풍부한 반려 활동 무대 제공!

멍!
멍!

반려견 품위 유지를 위한 꾸준한 교육!

마지막으로 어떤 일이 있어도
부정적인 감정을 표출하지 않기!

언제나 잘못은
개가 아니라 인간이 한다구!!

더 자세한 내용은 96P를 봐

반려견 데뷔 명가 귤 엔터테인먼트!
그 위대한 모험 이야기 속으로 당신을 초대합니다!

우 리 는 꿀 멍 멍 이

그렇게 한 박스가 나왔습니다 ●

길거리 캐스팅으로 시작합니다!

"강아지 귀여우면 데려가요. 근데 학생들 어디 살아요? 가까우면 안 돼. 도로 가져다 놓을 거면 안 돼."

마당에 처음 도착하자마자 우리가 들은 말이었다. 여느 때와 다름없이 반려견 금배와 산책을 하던 중, 길을 따라 걷다가 문득 길 건너편을 보았다. 웬 마당에 아기 강아지들이 정장 차림을 한 사람들을 쫓아다니고 있었다. 어쩐지 수상해서 들어간 마당에 기껏해야 강아지 몇 명*과 엄마 개 정도가 있을 것이라고 생각했는데, 눈앞의 상황은 영 딴판이었다.

세어 보니 풀려있는 어린 강아지가 일곱, 묶여 있는 큰 개가 여

---

* 이 책에서는 동물의 수를 셀 때 '마리'를 쓰지 않고, 종평등적인 단어 '명(목숨 명命)'으로 표기합니다.

섯이었다. 그리고 마당 가득 냉장고, 피아노, 가전제품, 서랍장, 냄비 같은 고물과 잡동사니가 무질서하게 쌓여 있었다. 그 쓰레기에서 풍기는 악취 사이로 드문드문 개들이 묶여 있었고 어린 강아지들은 바닥을 뛰어다니며 놀고 있었다. 개들이 묶인 자리마다 배설물이 가득해서, 우리가 밟고 있는 땅이 흙인지 오물인지도 분간이 되지 않았다.

개들은 제대로 된 줄에 묶여 있지도 않았는데, 어떤 개는 영업용 냉동고에 전선 코드로 매여 있었다. 어떤 개는 엎어진 장롱을 집처럼 쓰고 있었고 그 집 위에도 깨진 그릇이나 기름 낀 냄비 같은 것이 잔뜩 쌓여 있었다. 철골이 보이는 사무용 의자를 방석 삼아 앉아 있거나, 플라스틱 개집 위에 올라가 담벼락 너머를 향해 왕왕 짖는 개도 있었다. 개들이 짖을 때면 팽팽해진 줄에 걸린 고물이 와르르 쏟아져서, 개들은 허둥대며 몸을 피했다. 난생 처음 보는 광경에 우리는 넋을 잃었다. 그리고 지난 몇 달간 제주의 개들을 보며 느껴왔던 답답함이 한순간에 몰려오는 것을 느꼈다.

왜 이렇게 거리를 떠도는 큰 개들이 많은 걸까. 금배와 제주로 이주한 뒤 첫 번째로 든 의구심이었다. 큰 개들이 줄도 없이 거리를 배회하고 있으면 무서울 법도 한데 우리 말고는 다들 대수롭지 않아 보였다. 서울에서는 줄 없이 돌아다니는 큰 개를 마주치는 일은 드물었기 때문에 처음에는 무척 당혹스러웠다. 간혹 목줄을 하고

귤 하나

있는 개들이 있어서 개를 잃어버린 사람이 있는지 찾아보기도 했지만 그런 사람은 극히 드물었다. 어느 날 들어가 본 '포인핸드'※에는 제주동물보호센터에 입소한 유기견 공고가 하루에도 수십 건씩 올라오고 있었다. 입소 후 열흘이 지난 개들은 거의 대부분 안락사되었고, 아주 어린 강아지라 할지라도 예외는 없었다. 그 뒤로는 주인을 찾아보는 일은 하지 않게 되었다. 소용없는 일이라는 것을 깨

※ 사지 않고 입양하는 문화를 강조하는,
국내의 유기 동물 입양 플랫폼

달았던 것이다.

　사람들이 제주도에 개를 유기하고 간다는 말은 많이 들어봤지만 그 말은 사실과 전혀 달랐다. 제주도 유기견의 절대다수는 제주 시골 개들이었다. 이들은 줄이 끊어지면 마당을 나와 들개로 떠돌다가 유기견으로 포획되어 안락사 되고 있었다. 점차 금배와 제주의 아름다운 풍경을 찾아 산책하다가 떠돌이 들개와 마주치는 것이 대수롭지 않은 일상이 되었다. 들개만이 아니라, 제주 돌담 너머로도 고단한 삶을 살고 있는 시골개들을 무수히 마주쳤다.

　우리가 지날 때마다 나무 울타리를 갉아 먹으며 정형 행동[＊]을 하는 개, 플라스틱 개집에서 자신의 밥그릇에 들어간 쥐와 파리를 가만히 바라보고 있는 개, 비가 오나 눈이 오나 밭 한가운데 짧은 쇠줄에 묶인 채로 허공을 향해 짖고 있는 개를 어디서나 쉽게 볼 수 있었다. 어느 날은 돌팔매를 피해 도망가고 있는 개를 발견했다. 들개에 대한 총기 포획이 논의 중이라는 기사도 보았다. 나중에 누군가가 우리에게 제주보호소는 진도믹스^{＊＊}의 무덤이라고 말해준 일이 있는데, 사실은 제주도 전체가 우리에겐 그렇게 보였다.

＊　주로 사육되는 동물에게서 나타나는 반복적이고 지속적이지만 목적이 없는 행동

＊＊　진돗개의 혼혈. 한국에서 가장 쉽게 찾아볼 수 있는 개

우리도 줄 없이 돌아다니는 들개를 처음부터 무서워하지 않았던 것은 아니다. 하지만 막상 산책을 하다 보면 들개보다는 줄 관리에 소홀한 보호자의 반려견 때문에 개 물림 사고가 일어날 뻔한 적이 더 많았다. 줄이 풀린 반려견은 금배를 향해 맹렬히 달려오는 것에 반해, 동네를 유유히 걷고 있는 들개는 '가!'라고 하면 대부분 돌아갔다. 무엇보다 들개에 대한 생각이 바뀐 것은 황색 진도믹스, 햇님을 알게 되면서였다.

햇님은 몇 달 전 갑자기 이호테우해수욕장에 나타났다고 했다. 사람 손을 좀처럼 타지 않았던 햇님은 오로지 자신이 좋아하는 동네 반려견 삼식의 근처에만 늘 머물렀다. 햇님은 삼식이 산책 나오는 길목에서 낮잠을 자다가 일어나 산책길을 따라다녔다. 우리도 금배와 산책하다가 동네 개들 산책길에 껴있는 햇님과 같이 산책하는 것이 일상이 되었다. 동네 사람들은 햇님이 보이지 않기라도 하는 듯 관심이 없었고, 그렇게 햇님은 길고양이 밥이나 관광객이 주는 음식을 얻어먹으며 몇 달 동안 살았다.

햇님이 문제가 된 건 여름 휴가철이 다가오면서부터였다. 큰 개가 다니면 관광객들이 두려워하며 상권에 피해가 간다고 민원이 들어왔다고 했다. 몇 번이나 시청 직원들이 햇님을 포획하기 위해 해수욕장을 찾아왔다. 반려견 보호자들이 모여 햇님을 안전하게 유인해 보기도 하고 줄을 걸어 보기도 했지만 햇님은 놀라 자지러지며 줄을 끊고 도망갔다. 그러고 나면 며칠은 가까이에 오지 않았다. 그러다 어느 날 연락을 받았는데, 햇님이 시청 포획 팀이 쏜 마취 총에 맞은 채로 도망갔는데 찾을 수가 없다는 것이었다.

겁에 질려 도로로 뛰어가다 사고라도 났을까 걱정되어 온 동네를 샅샅이 뒤졌지만 찾을 수 없었다. 다음 날 아침에 다시 연락이 왔다. 일어나 보니 햇님이 새벽에 삼식의 집 마당에 와서 이슬비를 맞고 있었다는 것이었다. 지독한 짝사랑에 혀를 내두르면서도 마취 총에 대한 걱정이 앞섰다. 그즈음 우리는 서울의 지인으로부터 제주의 한 도로에서 떠도는 보더콜리를 목격했다는 내용의 SNS 주소를 받았다. 너무 안타까워서 그러는데, 혹시 그곳에 가서 찾아봐 줄 수 있냐는 부탁이었다. 몇 번 찾으러 가 보았지만 찾지는 못했다. 개의 영상은 수만 번 공유되어 많은 사람들의 안타까움을 사고 있었고, 수색 팀까지 꾸려져 있었다. 그리고 얼마 뒤 스스로 집에 돌아갔다는 소식을 접할 수 있었다.

우리는 동네로 돌아와 해수욕장 개장을 앞두고 햇님에게 돌을 던지는 상인회 사람들을 뜯어말리며 기묘한 기분을 느꼈다. 비슷한 상황에 처한 어떤 개에게는 사람들이 소매를 걷어붙이며 찾아내기 위해 애쓰는데, 왜 어떤 개는 없애버리고 싶어서 안달하는 걸까? 우리는 그 간극에 숨이 막혔다.

얼마 뒤 집 앞에서 한 백구가 목줄을 한 채로 배회하고 있는 것을 보았다. 가벼운 발걸음과 신난 몸짓에서 방금 집을 나온 신입 들 개라는 사실을 알 수 있었다. 다가가 목줄에 전화번호 같은 것이 적 혀 있는지 확인해 보았지만 없었다. 떠돌이 개를 만나면 필요가 있 을까 하여 사두었던 동물 등록 칩 스캐너로 이곳저곳 살펴보았지 만 아무것도 발견되지 않았다. 조금 걱정되어 쫓아다녔는데 갑자 기 그 아이는 길 한가운데에서 자세를 잡더니 대변을 보기 시작했 다. 엄밀히 말하면 우리 개는 아니긴 해서 꼭 주워야 하는 것은 아 니지 않나? 잠깐의 내적 갈등이 오간 뒤, 대변을 주웠다. 멀어지는 백구를 보며 산책 후 집으로 돌아가는 길이길 기도했다.

　며칠 후 그 개를 다시 만난 것은 '포인핸드'에서였다. 그 길로 옆 동네까지 걸어가다가 포획되었던 것이다.

'곧 죽겠구나.'

　속절없이 안락사 되는 걸 지켜볼 거라 생각하니 덜컥 겁이 났 다. 어쩌면 개를 어떻게 찾아야 하는지 모르는 어르신의 개일 수도 있겠다는 생각에 전단지를 만들어 동네에 붙였다. 붙이는 길에 지 나가는 동네 주민 중에는 별짓을 다 한다고 말하는 사람도 있었다. 그런데 그 말이 딱히 기분이 나쁘지 않았다. 스스로도 마음속으로 똑같이 생각하고 있었기 때문이었다. 아무도 이 흔한 백구를 찾지 않겠지. 무기력하게 그 아이가 죽는 것을 목격하게 되겠지. 이미 멀어지는 백구를 보며 각오했으면서도 좀처럼 사실을 마주하는 것이 두려웠다. 잃어버리고 찾지 않는 주인도 원망스러웠지만 전단을 붙이는 것밖에 할 수 없다는 것에 죄책감을 느꼈다. 그렇게 장례를 치르는 마음으로 전단을 붙이며 마음이 좋지 않았다.

그렇게 반복되는 무력감과 대상을 알 수 없는 울분으로 가득 차 있던 와중에, 우리는 문제의 쓰레기 더미 마당에 당도하게 되었던 것이다. 방치된 시골개들, 들개의 새끼, 천대 받는 잡종개들이 고물과 한데 모여 있었다. 앞서 우리에게 강아지들을 데려가되 다시 갖다 놓지 말라고 한 사람은 주인 할머니였다. 남편이 개를 좋아해서 한두 명 갖다 놓기 시작한 것이 너무 많아져서 더 이상 키우기 힘들다고 하소연을 늘어놓았다. 마침 오늘 시청 직원들이 다녀갔으며, 개들의 소유권을 포기하고 보호소로 데려가는 쪽으로 이야기를 나누었다는 것이다. 여러 말을 종합해보면 그 개들이 그 곳에 살게 된 경위는 이러했다.

주인 할아버지는 큰 사고를 당한 이후 자꾸만 쓰레기와 고물을 사다 모았는데, 어느 날부터는 주변에서 개를 좋아하면 개도 데려다 키우라고 권하여 하나 둘 데려다 놓고 키우기 시작했다. 묶어 놓기만 하는데 희한하게도 개들이 자꾸만 새끼를 낳았다. 새끼들은

주변에 하나씩 나눠주고 남은 새끼들은 풀어 키우다가 몸집이 커지면 다시 묶어 놓았다. 그중에 몇은 마당을 오가는 차에 치어 죽거나 얼어 죽고 몇은 줄이 끊어진 틈을 타 어디론가 사라져 버렸다. 그렇게 몇 년간 개들이 태어나고 어디로 가버리고 또 태어나길 반복하다 보니 누가 누구 새끼인지도 헷갈릴 무렵에 우리가 나타난 것이다.

당연하게도 주민들은 그 지저분한 마당과 시끄럽고 냄새나는 개들에 대해 진절머리를 내고 있었다. 처음 본 우리에게 개똥 좀 치우라고 소리 지르는 주민, 먹고 똥만 싸고 시끄럽게 짖는 똥개들이라며 빗자루를 흔들며 윽박지르는 아저씨도 있었다. 그 아저씨도 마침 개를 데리고 있기에 혹시 이 마당개들과 관련이 있는지 물었더니 버럭 화를 냈다. 자신이 키우는 개는 저런 개들과 다른, 족보가 있는 개라고 했다. 우리가 보기엔 더럽고 시끄러운 것은 마당의 환경 때문이지, 별반 다를 것 같지 않았지만 말이다.

심난한 우리 속과는 반대로 간식을 실컷 얻어먹어 빵빵해진 배로 마당 한가운데에 누워 잠든 어린 강아지들을 앞에 두고, 우리는 고민에 빠졌다. 이 지저분하고 위험한 쓰레기 더미 마당에서 마주친 개들을 그냥 둘 수는 없었다. 일단 이 모든 개를 당장 어떻게 할 수는 없지만, 우선 위험한 환경을 돌아다니는 강아지들은 어리니까 그래도 입양을 쉽게 가지 않을까? 우리가 그때 얼마나 낙관적이었던지 생각하면 아득해진다. 마당에서 찍은 강아지들 사진과 함께 SNS에 게시글을 올렸다.

"태어난지 2개월밖에 안 된 강아지 7명의 입양처와 임보처를 구합니다!"

놀랍게도 아무도 관심을 주지 않았다. 게시글에 붙인 '#임보급구' 해시태그를 타고 들어가 살펴보니 제주만 해도 임시 보호처를 구하는 강아지들은 너무나 많았다. 우리 눈에도 우리보다 더 위급한 상황인 것처럼 보이는 강아지들도 있었다. 사람들이 선호하지

마당에 들어서자,
강아지들이
반갑다는 듯 우르르 뛰어나왔다.

않는 중대형 진도믹스견에다 어두운 모색을 가진 강아지들이 대부분 올라와 있었다. 우리는 이 어려움을 돌파하기 위하여 우선 강아지들 사진이라도 예쁘게 찍어서 다시 올려 보기로 했다. 다음 날 집에서 금배의 패션 아이템들을 챙겨서 다시 마당으로 향했다. 금배와 제주를 돌아다니며 사진 찍을 때 쓰려고 사둔 귤 모자도 함께였다.

　　마당에 들어서자 강아지들은 반갑다는 듯이 우르르 뛰어나왔다. 묶여 있는 개들도 껑충껑충 뛰고 짖으며 반겼다. 고물 중에 적당해 보이는 버려진 테이블을 볕이 잘 드는 곳에 두고 준비해간 체크무늬 매트를 펼쳤다. 간식으로 강아지 한 명씩 유인하여 사자 모자, 넥타이, 케이프, 반다나 같은 것을 돌아가며 씌우고 마당 벽을 배경으로 프로필 사진을 찍었다. 해가 가장 예쁘다는 시간에 가서 그랬을까, 생각보다 결과물은 좋았지만 당시에는 정말이지 혼이 쏙 빠져나가는 현장이었다.

　　아이들은 '앉아'도 '기다려'도 당연히 할 줄 몰랐기 때문에 간식을 주고 오물거리는 찰나에 셔터를 눌러야 했다. 간식이 맛있었는지, 아이들이 자꾸만 카메라를 향해 저돌적으로 다가와 초점이 나가기 일쑤였다. 심지어 그때 아이들은 구분도 되지 않았다. 방금 찍은 강아지를 내려놓으면 똑같이 생긴 강아지가 앞을 지나갔다. 겨우 안 찍은 애를 분간하여 찾으려 하면 아무리 찾아도 보이지 않았다. 테이블 밑으로 들어가 부스러기를 먹고 있거나 고물들 사이로 요리조리 탐험을 다녔다. 갑자기 잠들어 있기도 했다.

우여곡절 끝에 겨우겨우 해가 지기 전에 일곱 강아지의 사진을 찍고 결과물을 확인하니 나쁘지 않았다. 우리는 그 사진을 편집하여 입양 홍보 포스터를 하나 만들었다. 포스터를 완성하자마자 SNS에 올렸다. 다음 날 일어나보니 사람들이 댓글로 "엔터 대표님. 아이디어 대박." "픽미픽미. 귀여운 애들 반려견 데뷔시켜 주세요." 같은 반응이 이어졌다. 엔터? 아이돌? 무슨 말인지 한참 들여다보다가 이해하고는 한참을 웃었다. "우리보고 엔터 대표님이래. 그럼 금배는 무슨 뭐? 가수 보아처럼 금배이사야?"

그렇게 우당탕탕 귤엔터의 서막이 시작되고 있었던 것이다.

데뷔 콘셉트가 나왔다고?

사실 처음부터 반려견 데뷔 콘셉트를 의도한 건 아니었다. 시작은 이러했다.

일곱 강아지들의 사진을 찍고 난 다음, 우리는 고민에 빠졌다. 이 많은 강아지들의 이름을 어떻게 지을 것인지 막막했던 것이다. '빨주노초파남보' '월화수목금토일' 같은 것도 생각해 보았는데 왠지 특색이 없어 보이는 것 같았다. 조금 더 눈길을 사로잡으면서, 외우기 쉽고 부르기 편한 게 없을까? 그러면서도 제주도라는 특수성을 살리면 좋을 것 같다는 생각이 들었다. 제주 지명이나 설화도 검색해보았지만 마땅히 입에 딱 붙는 것들이 없었다.

이런저런 고민을 하며 문득 찍어 놓은 사진들을 들여다보고 있자니 강아지들이 귤 모자를 쓰고 있는 사진이 쨍하니 눈에 잘 들어왔다. 제주도 하면 역시 귤인데, 개 일곱에게 붙여줄 만큼 귤 이름이 많이 있던가? 문득 인터넷에서 보았던 '귤 족보'가 떠올랐다. 검색해보니 생각보다 다양한 귤 종류가 있었는데, 외우기나 부르기가 어려울 것 같아 망설여졌다. 그래도 제주도가 다른 지역에서 차 타고 쉽게 올 수 있는 곳은 아니니까, 제주라는 점이 잘 드러나면 좋을 것 같다는 생각이 들었다. 일단 귤 족보를 보며 하나하나 이름이라도 붙이기 시작했다.

황색 계열 강아지들은 황금향, 천혜향, 레드향 세 글자 이름으로 지었다. 황금향은 어딘지 풍채나 생김새가 고창석 배우를 닮은 느낌이 있었는데 그게 황금이라는 글자와 잘 어울리는 느낌이었다. 황금향과 닮았지만 왠지 눈빛이 남다른 아이는 천혜향이 되었다. 털에 조금 더 붉은 기가 도는 아이는 레드향이라 이름 붙였고, 홀로 까만 모색을 가지고 있는 아이는 입이 꼭 한라봉 꼭지처럼 생겼다는 생각이 들어 한라봉이라 지었다.

흰 모색의 강아지들은 금귤, 풋귤, 영귤 두 글자 이름으로 맞추었다. 털이 짧아 머리통이 반질반질한 아이가 금귤. 유독 사진이 상큼한 느낌이 나는 아이가 풋귤. 비슷하게 생겼는데 좀 더 동글동글한 아이를 영귤로 지었다.

이름을 붙여도 헷갈리긴 마찬가지였다. 강아지들이 여럿 나온 사진을 볼 때면 또 누가 누군지 구분이 되지 않아 이름을 적어 놓은 사진과 대조해서 보아야 했다. '우리도 헷갈리는데 사람들도 당연히 헷갈리겠지?' 애초에 이렇게 많은 애들의 사진을 한 장 한 장 넘겨보지 않을 거라는 생각이 들었다. 우리만 해도 게시글 첫 장만 슥볼 뿐, 계속 보지는 않으니까.

차라리 하나의 그룹처럼 첫 사진에 얼굴이 모두 보이게 하면 좋겠다는 생각이 들었다. 마침 강아지들 이름을 귤로 지었으니 홍보물 첫 장은 귤 상자처럼 만들어보기로 했다. 그리고 각자의 이름보다 한 번에 지칭하기 수월한 표현을 생각해보았다. '○○마당 구조견'이나 '○○남매' 말고 조금 더 특색있는 표현은 없을지 고민하다가 문득 '제주탠져린즈'라는 말이 떠올랐다.

이렇게 이름을 짓고 보니 아이돌 그룹 같다는 생각이 들었다. 홍보물의 목적이 무엇인지 제목을 넣긴 해야 하는데 '임보처 찾아요' '입양해 주세요'라고 쓰려니 갑자기 전체적인 이미지와 결이 맞지 않았다. 어차피 임시 보호나 입양에 관심 있는 사람들은 우리가 개떡같이 말해도 찰떡같이 알아들어 줄 것이다. 아예 유기견 임시 보호나 입양에 관심이 없던 사람들도 타깃으로 잡아보자. 이제 이런 원대한 포부에 걸맞은 표현을 고민할 차례였다.

"'전격 반려견 데뷔 준비 중!' 어때?"

"좋다! 이왕이면 '언니 누나들의 심장을 저격하러 왔다!'는 표현도 넣어."

서로 기발하다며 깔깔대면서 홍보물을 완성하고 하루 종일 매달렸던 게시글을 후루룩 올려버리고 잠들었다.

완성된 제주탠져린즈의 홍보물

하룻밤 자고 일어나니 앞서 말한 대로 엔터테인먼트 대표님이 되어있던 것이다. 신난 랜선 이모들의 주접 댓글을 보고 한참 웃으면서 우리는 결심했다. 이 이모들의 마음을 진짜 저격해보자고. 그렇게 본격 엔터테인먼트 세계관으로 진입하게 되었다. 가족 찾는 강아지들은 이제부터 '반려견 연습생'이자 '멤버'로, 가족을 만나길 바란다는 응원은 '절대 데뷔해!'가 되었다. 그 다음부터는 아이돌의 입덕 가이드를 적극 차용하여 멤버별 '산책 직캠'이나 '출근길' 사진을 찍어 올렸고, 아이돌이니까 현수막도 제작했다. 아이돌은 팬들과 소통하는 것이 중요하니까 멤버별 셀카를 찍어 올리며 대화를 나누는 것처럼 게시글을 올리기도 했다.

멤버들의 데뷔에 보탬이 되면 좋겠다며 감사하게도 귀여운 스카프나 모자 같은 것을 보내주는 분들도 있었다. 그런 소품들을 적극 활용하여 화보처럼 촬영하여 올렸다. 멤버들끼리 장난치며 노는 모습을 올릴 때도 연예 기사 형식을 빌려 작성하면, 신난 이모 팬들이 '영귤이와 천혜향 복슬즈 유닛 활동 기대하고 있다.' 같은 댓글을 달며 엔터테인먼트 세계관에 불을 지펴 주기도 했다.

반려동물 사진을 한 번이라도 찍어본 사람은 잘 알겠지만, 사진으로 찍어두고 싶은 순간에 카메라를 찾으면 멤버들은 귀신같이 하던 행동을 멈춰 버렸다. 멤버별 특징이 잘 드러나는 순간을 포착하기 위해 카메라는 항상 대기해 두어야 했다. 쉴 때면 늘 무릎에 올라오는 레드향이 모습, 눈을 또렷하게 마주치는 천혜향, 자는 멤버를 놀자고 깨우는 영귤, 멤버들의 싸움을 말리는 리더 같은 풋귤. 사진을 통해 멤버들의 성격이 잘 전달되었으면 했고, 미래의 가족이 함께 살게 될 때의 모습을 구체적으로 상상하길 바랐다. 멤버별로 특징이 잘 나타날 수 있게 반려견 이력서를 작성해보기도 했다. 유행하고 있는 MBTI도 적극 활용하여 멤버별로 '멈BTI'를 붙여 특성을 설명하기도 했다.

케이팝K-POP 아이돌 콘셉트로 입양 홍보를 하는 것은 패러디할 콘텐츠가 다양하다는 점에서도 좋았지만, 무엇보다도 각 멤버들의 특장점에 대해 제대로 어필할 수 있다는 점이 좋았다. 아이돌 그룹은 멤버별 캐릭터 및 포지션과 장기가 분명하지 않던가. 일곱 멤버의 매력을 각각 각인시키면서도 정신없지 않게 통일성을 주는 데에 이보다 제격인 콘셉트가 있을까. 7견 7색의 특징과 매력을 '덕질 포인트'로 개발하고 홍보하여, 멤버마다 제대로 '입덕'하는 단 한 사람을 찾고 싶었다.

화려한 화보 콘셉트를 내기 위해 우리는 멤버들의 눈높이에 맞춰 카메라를 들고 바닥에 엎드려 촬영했다. 인간 지미집이라도 된 것처럼 허리를 숙이고 굽은 등으로 산책을 따라다니며 영상을 찍기도 했다. 우리의 숨소리가 몰입에 방해가 될까 숨죽인 채 연습생들의 엉덩이를 조용히 따라갔다. 그걸 일곱 번씩 반복하는 것은 기본이었다.

촬영을 마친 뒤에는 멤버별 베스트 컷을 선별하고 사진을 보정하며 덕심을 자극하는 홍보 문구를 작성하여 SNS에 올리는 일이 이어졌다. 낮에는 주로 최대한 밖에서 많은 시간을 보내며 산책을 할 수 있도록 노력했다. 멤버들이 외부 자극을 긍정적으로 받아들이는 중요한 사회화 시기를 지나고 있었기 때문이다. 배변을 위해 자주 산책하는 금배이사의 스케줄에 따라 멤버들도 최대한 함께 나갔다. 두 멤버씩 조를 짜서 걷기도 하고 다같이 우르르 나가 놀다 오기도 하며 멤버별 성향에 맞게 개별 산책도 틈틈이 하기 위해 노력했다. 그러다 보면 산책만으로 꼬박 하루가 다 갔다. 사진 편집이나 입양 홍보 게시글까지 작성하면 자정이 넘어가는 건 흔한 일이었다. 연일 이어진 야근으로 우리끼리 퇴근 시켜달라 아우성을 치기도 했다. 솔직히 퇴근이 아니라 퇴사가 하고 싶은데 내가 대표라니. 맙소사.

사실 그렇게 열심히 했던 가장 큰 이유는 멤버들이 우리나라 사람들이 선호하는 품종의 개도, 작거나 하얀 강아지도 아닌 소위 '시고르자브종'이기 때문이었다. 실제로 한라봉의 입양 신청자 중에는, 입양 인터뷰까지 마치고 입양을 확정하려던 찰나에 '한라봉의 모견이 진돗개라는 것을 이야기했더니 가족들이 반대한다'며 입양을 철회한 사람도 있었다. 진돗개면 이웃들의 시선이 곱지 않을 것이고 길 가다 시비가 걸릴 것 같아 두렵다는 것이었다. 우리로서는 정말 어처구니가 없는 말이었다. 사람들이 진돗개를 '사납고 공격적이다'라고 생각하는 이유는, 마당에 묶여서 길가는 사람들에게 사납게 짖는 진돗개를 떠올리기 때문일 것 같다. 하지만 이것이 정말 진돗개의 특성일까?

우리는 그건 묶어 키우는 개의 특성이라고 생각한다. 제주에는 개를 마당에 묶어 키우는 문화가 만연해 있는데, 그러다 보니 보더콜리나 레트리버, 몰티즈 같은 소위 인기 많은 품종견도 묶어 키우는 경우를 왕왕 볼 수 있다. 가장 똑똑하다고 알려져 있는 보더콜리나 가장 인간 친화적이라고 알려져있는 레트리버는 묶어 키워도 온순하고 다정할까? 전혀 그렇지 않다. 짧은 줄에 묶여 스트레스를 받고 위험한 외부 환경에서 자신을 지켜야 하는 상황에 놓인 동물이 대부분 그렇듯 예민하고 방어적인 개가 된다. 그럼에도 진돗개만이 실내 반려견으로 적합하지 않으며 열악한 환경에서 묶여 살아도 된다고 여겨진다.

사람들이 개의 품종을 통해 어떤 이미지를 상상하는 것 같다는 생각이 들었다. 개의 품종에 대한 서술은 때때로 '아시아인은 수학을 잘한다'는 말만큼이나 부적절하고 부정확하게 느껴진다. 단순

범주화해 이야기하는 것은 편리한 방법이지만, 실제로 각각의 개체와 마주할 때는 그다지 유용한 방법이 되지 못한다. 예를 들어 내 친구가 '수학을 잘하는 아시아 사람'이라는 사실 보다 산수 이후로 수학 공부를 포기했다는 사실을 아는 것이 친구와의 우정에 더 도움이 되는 것처럼 말이다.

동물 관련 산업의 입장에서는 단순 범주화해 셀링 포인트를 찾는 것이 아무래도 효과적일 것이다. 하지만 반려동물을 입양하는 사람이 함께 살아야 하는 것은 상품이 아닌 한 개체이므로 그 개체의 특성에 주목하고 준비하는 것이 더 맞지 않을까? 그것이 우리가 멤버별 특징을 강조했던 이유 중 하나였다. 유기견 아이돌 세계관에 과몰입하며 자연스럽게 이런 개들에 대한 편견을 거둘 수 있기를 바랐기 때문에 더 열정 넘치는 엔터테인먼트 대표가 될 수밖에 없었던 것이다. 우리는 어떻게든 이런 개들, 그러니까 진돗개, 진도 믹스, 시골 잡종, 누렁이, 까만 개, 중대형견이 남부럽지 않게 좋은 가족을 만나 잘 살 수 있다는 것을 증명하고 싶었다.

두근두근 합숙 이야기

마당에서 일곱 멤버들을 원룸으로 덜컥 데려오기 전, 사실 구대표와 귤이사의 의견은 일치하지 않았다. 작은 집으로 멤버들을 한 꺼번에 들이는 것보다 임시 보호처와 입양처가 구해지는 아이부터 구조하는 것이 낫지 않나 하는 생각 때문이었다. 하지만 병에 걸렸을지도 모르는, 성격이 어떤지도 모르는 강아지에게 선뜻 집을 내어줄 사람이 얼마나 될까. 그런 사람을 기다리는 사이에 겨울이 훌쩍 다가올 것 같았다.

무엇보다 우리가 아무것도 손해 보지 않고 타인의 호의만을 바라는 것이 부끄럽게 느껴졌다. 우리가 직접 멤버들의 건강 상태를 확인하여 아프면 치료하고, 더럽고 냄새나는 것은 씻어내어 마당보다 실내가 더 어울리는 모습을 보여주자고 결론을 내렸다. 그리고 입양하겠다는 사람이 나타난다면 누구든지 바로바로 보낼 생각이었다. 언제 죽어도 이상하지 않은 마당보다 못한 곳은 없을 테니까. 입양이 빠르게 될 것 같은 어린 멤버들부터 일단 보내자. 곧 다시 오겠다고 묶여 있는 개들에게 약속하고, 우리는 결연한 마음으로 어린 멤버들을 차에 태워 곧장 동물병원으로 향했다.

'주사위는 던져졌다.'

하지만 우리의 마음과는 다르게 차 안은 엄마와 떨어진 어린 멤버들이 내는 '삐약삐약' 하는 귀를 찢을 듯한 울음소리와, 쓰레기 더미 마당에서 묻혀온 참기 힘든 냄새로 가득 찼다. 냄새를 참지 못하고 창문을 내리면 울음소리가 창밖을 넘어가 옆 차선 운전자가 흘깃거렸고, 납치범을 보는 것 듯한 시선이 부담스러워 창문을 슬그머니 올리면 악취가 금세 차올랐다. 잠깐만 참아보자고 다짐했다가 곧 다시 창문을 내리면 길을 건너가는 보행자들이 뒷좌석을 이상한 눈으로 살폈다. 우리는 그렇게 병원으로 가는 내내 창문을 오르락내리락 했다.

일곱 멤버들의 건강검진 결과 2개월 정도로 보이며, 다행히 전염병 없이 전반적으로 건강하다는 판정을 받았다. 다만 발톱이 빠져서 항생제를 먹어야 하는 멤버, 곰팡이성 피부병이 있어서 연고

🐱

를 발라야 하는 멤버, 그리고 간밤에 다리가 부러져 수술을 받아야 하는 멤버가 있어 약을 받고 수술 날짜를 잡았다.

드디어 진료를 마치고 우리의 원룸으로 향했다. 세숫대야에 물을 받아 멤버들을 하나하나 씻겼는데 새까만 흙탕물이 나올 것을 예상했으나 의외로 제주도 화산송이 정도의 물이 나왔다. 외관으로 봤을 때는 깨끗해 보이던 하얀 멤버들도 씻기면 똑같이 화산송이 물이 나오는 것을 신기하게 생각하며 마당의 때를 벗겨 냈다. 목욕을 마친 멤버들 뒤통수에 대고 숨을 깊게 들이켜 보았다. 차 안에서 우리를 괴롭혔던 고약한 냄새가 완전히 사라지지 않고 저 멀리에서 손을 흔들었지만 그래도 이 정도면 됐다 싶었다. 본격적으로 실내 생활의 첫 관문을 통과한 것이다.

금배와 어린 멤버들을 분리하려고 미리 준비해 두었던 울타리 안으로 멤버들을 옮기고 물과 사료를 듬뿍 담아 주었다. 목욕을 마친 멤버들은 깨끗한 물과 사료를 배불리 먹었고, 병원에서 받아온 연고와 구충제도 순순히 바르고 받아먹었다. 남매라 당연하지만 멤버들이 비슷비슷하게 생겨 구충제를 먹일 때도 정신이 하나도 없었다. 한숨 돌리며 그제야 헷갈리던 얼굴을 하나하나 들여다보았다. '이 멤버는 양말이 특이하네, 저 멤버는 이마에 흰 점이 있네. 그 멤버는 다른 멤버보다 더 덩치가 커!' 같은 말을 주고받았다. 그렇

이 멤버는 양말이 특이하네.
저 멤버는 이마에 흰 점이 있네.
그 멤버는 다른 멤버보다 덩치가 커!

게 우리는 제주탠져린즈 멤버들의 이름과 특징을 적어둔 사진을 들여다보며 본격 멤버별 덕질 포인트 개발 모드에 들어가게 되었다.

멤버들을 집에 들이며 우리는 야심차게 많은 양의 배변 패드와 방수 패드, 이갈이 용품과 울타리 등을 준비했다. 이 정도면 일곱 멤버들이 데뷔하기까지 충분하지 않나 생각했는데, 어린 강아지가 일곱이나 된다는 게 어떤 것인지 아직 몰랐던 것이다. 준비해둔 울타리는 맨 앞에서 뛰어오른 멤버를 필두로 함께 뒤엉킨 채 매달리자 휘청휘청 흔들리다 마침내 넘어졌다. 넘어진 울타리로 신난 멤버들이 우르르 쏟아지는 광경을 보노라니 흡사 '레미제라블'을 보는 기분이었다.

허겁지겁 울타리를 재정비하여 세우고는 작은 방을 와다다 뛰어다니는 멤버들 꽁무니를 쫓아 다녔다. 방 안을 누비던 금귤과 레드향은 현관에 내려가 운동화가 서로 자기 것이라고 줄다리기를 하는 중이었다. 두 멤버를 울타리에 다시 넣어두고 뒤돌아보면 천혜향은 조용히 그 운동화 곁에서 신발 끈을 잘근잘근 씹고 있었다. 가냘픈 신발 끈은 천혜향이 몇 번 씹어버리자 힘없이 너덜거렸다. 그 사이 영귤은 발매트에 응아를 싸고 한라봉은 선반 깊은 곳에 숨어들어갔다.

정신없이 현장을 수습하고 불안한 울타리를 돌아보았다. 당연하지만 신난 멤버들이 울타리를 다시 흔들고 있었다. 고심하다가 우리는 서퍼의 꿈을 안고 사두었던 서핑보드를 제물 삼아 울타리 뒤로 받쳐둘 수밖에 없었다. 서핑보드에 강아지 이빨 자국 좀 난다고 파도에 휩쓸리는 것은 아닐 거라고 서로를 위로하며.

당연히 우리의 어린 멤버들은 배변 패드와 푹신한 것을 구분하지 못했기에 온갖 장소에다 배변을 하고 다녔다. 각오했던 부분이라 배변 패드를 여기저기 깔아 두곤 했지만 멤버 수가 많다 보니 우리가 배변 패드를 까는 속도보다 싸는 속도가 더 빨랐다. 기저귀도 시도해 봤지만 멤버들이 한 번 뒹굴고 나면 벗어 던진 샅바 마냥 기저귀만 덩그러니 남아있었다. 그나마 잘 차고 있던 멤버의 항문에 기저귀 구멍이 딱 들어맞지 않은 바람에 힘주어 싼 응아가 땅에 떨어지지 못하고 기저귀 안으로 굴러 들어갔다. 그러자 괴성을 지르며 자신에게 붙은 뜨거운 덩어리에서 벗어나고자 온 방을 뛰어다니는 일도 있었다.

한동안은 매일매일 축축하게 젖은 이불과 베개에서 눈을 뜨는 게 주요 일과였다. 베개와 이불에 방수포를 덮어두고 잤다. 그렇지만 뒤척이다가 조그마한 빈틈이 생기면 강아지들은 기가 막히게 그 위치에 배변을 했기에, 자기 전 꼼꼼히 이불과 방수포를 확인해야만 했다. 이불이야 그렇다지만 얼굴 옆 베개의 빈틈을 찾아 아침마다 오줌을 싸는 멤버가 누구인지 매우 궁금했다.

우리는 매일 아침 인사차 멤버들의 배를 쓰다듬으며 축축한 기

운을 탐지하곤 했다. 며칠 동안 수사한 끝에 우리는 풋귤이를 강력하게 의심했지만, 풋귤이 데뷔해서 합숙소를 떠나고 나서도 베개는 여전히 젖어 있었다. 결국 범인은 영영 찾아낼 수 없었다. 축축한 이불을 실수로 손으로 짚었을 때나 새로 갈아 신은 양말로 밟을 때는 찝찝하긴 했지만 사실 큰 걱정이나 어려움은 없었다. 성장기와 적응기에 자연스러운 현상이라 그저 시간이 필요한 일이라고 여겼다. 대신 자주 밖에 나가서 배변을 밖에서 해결할 수 있도록 돕고, 배변 패드에 배변을 성공하면 자객처럼 지켜보고 있다가 폭풍 보상을 해주며 점점 젖은 베개에서 눈을 뜨지 않을 수 있게 되었다.

첫날 구충제를 먹일 당시에는 멤버들이 구분되지 않았을 때라, 혹시 빠트리고 못 먹은 멤버나 두 번 먹은 멤버가 있진 않을지 걱정이 됐다. 하지만 다음 날 모든 멤버에게 빠짐없이 구충제를 먹였단 사실을 알게 되었다.

"어디서 고무줄을 주워 먹었나?"

한라봉이 싼 똥에서 하얀 고무줄이 한 가닥 엉켜 나왔던 것이다. 쓰레기 범벅인 마당에서 살던 개들이지만, 우선 컨디션은 좋아 보이니까 지켜보자고 하고 넘어갔는데, 곧 일곱 멤버가 일제히 고무줄을 싸기 시작했다. 멤버들이 어리다 보니 용변을 자주 보았는데 한 멤버 당 하루에 예닐곱 번씩은 똥을 쌌던 것 같다.

우리는 사흘간 엄청난 양의 회충을 목격했다. 사실 어려서부터 분기마다 의무적으로 구충약을 먹으면서도 회충이라는 게 과학 교과서의 삽입 이미지로만 존재하는 것인 줄 알았다. 하지만 이렇게 가까이에 현존하는 것이었다니. 한 멤버의 엉덩이에 매달려 차마 땅에 떨어지지 못한 고무줄, 아니 회충이 보였고 살짝 당기자 힘없이 회충이 뽑혔다.

대변에 섞여 나오는 회충은 사흘 동안 점점 줄어들었다. 거의 보이지 않을 무렵 누군가 방석에 똥을 싸 두었길래, 주워서 버리고 부분 세탁한 후 세탁기에 방석을 넣고 돌렸다. 깨끗해진 방석을 탈탈 털고 건조기에 옮기며 혹시 빼놓은 세탁물이 없는지 세탁기 안을 들여다보았다. 빠진 세탁물은 없었는데 깨끗하고 맑은 색의 고무줄이 한 가닥 보였다.

아니, 이게 왜? 방석을 분명 꼼꼼히 살펴보고 넣었는데, 보지 못한 덩어리가 있었던 걸까? 여러 가지 궁금증을 가지고 세탁기 안을 살펴보았지만 유입 경로를 찾지 못하고 세탁조 청소를 하는 것으로 수사를 종결했다. 우리는 한동안 짜장면을 기피했고, 분기마다 열심히 구충약을 챙겨먹는 현대인이 되었다.

당연한 이야기이지만 한참 활발한 어린 멤버들에게는 낮밤이라는 개념이 없다 보니 두 시간 정도 푹 잠들고 곧 깨어나 꺅꺅거리며 서로 씨름하고 뛰어다니며 놀았다. 새벽이건 아침이건 눈이 떠지면 하루를 시작하는 멤버들과 함께 밖에 나가 최대한 많은 시간을 보내려고 노력했다.

날이 좋은 날은 차를 타고 멀리 나가서 미리 사둔 스카프나 모자들을 가지고 사진을 찍었고, 집에 돌아와 사진을 편집하고 입양 홍보글을 작성했다. 집중해서 일을 하기 위해 종종 음악을 틀었는데 한 번은 실험적인 밴드의 노래를 틀자 겨우 잠든 멤버들이 갑자기 일제히 일어나 '워워워웡' 짖었다. 우린 거듭 사과하고 그 뒤로 멤버들이 로큰롤을 이해하게 될 때까지 잔잔한 포크 음악만 틀어야 했다.

잠시 메모를 하기 위해 메모장과 펜을 꺼내 필기를 시작하자 움직이는 것이 신기한지 레드향이 달려와 펜 끝을 앙 물고 가져갔다. 펜을 되찾기 위해 일어나면 영귤이 메모지를 물고 갔고, 신난 천혜향이 같이 놀자며 쫓아갔다. 잠깐 사이 너덜너덜해진 펜과 메모지를 보며 한동안 좌식 생활은 생각하지 않기로 했다.

잠든 멤버들 사진을 찍다가 옆에서 깜빡 잠들었던 날, 손에 든 핸드폰이 스르륵 빠지는 느낌에 깜짝 놀라 눈을 떴다. 아니나 다를까 손에서 핸드폰을 물어가 자신들의 방석으로 가져가고 있었다.

귤 하나

그때의 심정이라니. 책상에 두었던 애플펜슬이 보이지 않으면 우리는 바닥을 기어다니며 찾아 헤맸다. 다행히 큰일이 나기 전에 구해낼 수 있었다. 그 뒤로 핸드폰과 귀중품은 높은 곳에 올려놓고 자거나 주머니에 넣어두고 잠에 드는 것이 습관이 되었다.

며칠 지나니 멤버들을 구분하는 일이 어렵지 않게 되었다. 얼굴이 익숙해지고 나니 멤버마다 확연히 다른 성격이 눈에 띄었다. 지인들에게 어떻게 한배에서 나왔는데 성격이 이렇게 다른지 모르겠다고 말하면, 가만히 이야기를 들어주던 육아 경력자들이 아이들은 원래 그렇다며 고개를 끄덕였다. 멤버들은 지칠 줄 모르고 하루 종일 부대끼며 놀았다. 자기들끼리 좋고 싫다는 의사표현을 주고받으며 자연스레 다른 강아지의 언어를 익히고 있었다. 거절 의사가 무엇인지 금방 눈치챘으며, 상대방의 기분을 풀어주기 위해 눈을 피하며 몸을 낮추고 꼬리를 가만히 흔들었다. 방석이나 물건을 나눠 쓰는 것 또한 자연스럽게 배우고 있었다. 원래 함께 살던 반려견인 금배까지도 덩달아 사회성이 좋아지는 것이 보였다.

우리가 주로 일을 하는 식탁 아래에서 멤버들은 옹기종기 모여 놀았다. 작은 이빨이 돋기 시작한 멤버들이 나무 식탁과 의자를 이갈이용으로 사용하기 시작했다. 어차피 낡은 가구인데다, 다른 가구보다는 낫다고 생각하고 두었다. 하지만 많은 멤버가 합심하여 이갈이로 사용하니 며칠 사이 그만 의자가 흔들흔들하는 상태가

함께 살다 보니 반려견인 금배까지도
덩달아 사회성이 좋아지는 것이 보였다.

된 게 아닌가. 그걸 보고 나니, 반드시 임시 보호자나 입양자에게 이갈이의 어마어마함을 알려야겠다는 다짐이 생겼다.

멤버들의 건강과 성격에 대한 파악이 끝나자 새로운 고민이 시작되었다. 날이 추워지자 털이 짧은 금귤이나 레드향 같은 멤버는 쉽게 추위를 타고는 했다. 아직 진짜 겨울은 시작되지도 않았는데 바들바들 떠는 멤버들을 보며 절대로 실외 입양처로 보낼 수 없다는 생각이 들었다. 따지고 보면 쓰레기 마당보다 어디든 나을 테니까 아무에게나 보낸다는 말이 얼마나 이상한 말인가.

낯선 사람에게 멤버들을 보낼 수 있도록 최소한의 기준을 정할 필요가 있었다. 그래도 성장기니까 충분한 산책이 중요하지 않나. 사회화 교육도 같이 하면 정말 훌륭한 개가 될 것 같은데. 이갈이나 어린 강아지 시기에 대해서도 잘 알고 있어야 하지 않나? 이런저런 단서가 붙으며 '아무에게나' 정책은 전면 재검토되었다.

한편으로는 작고 하얗지도 않은 개를 이렇게까지 열심히 키우려는 사람이 과연 있을지 문득 걱정이 되었다. 그런 사람은 전국에 한줌밖에 되지 않을 텐데. 하지만 아무리 생각해도 개로서 당연히 누려야 할 기본적 요소에 대해서 현실에 맞춰 저울질하는 것은 옳지 않다는 생각이 먼저였다. 그래, 최소한의 산책도 하지 않고 개에 대한 공부도 하지 않는 사람은 개를 입양하면 안 되는 게 맞다.

한창 장난을 치다가 서로의 몸에 포개어 낮잠에 빠진 멤버들을

보며 우리는 다시 한번 다짐했다. 남부럽지 않은 최고의 가족을 찾

아서 데뷔시켜 주고 말 테다. 두고 봐.

전속 계약자를 찾습니다!

꼭 좋은 가족을 찾아 주겠다고 멤버들에게 호언장담하기는 했지만, 기준을 어떻게 정해야 하는지 고민이었다. 이 강아지들이 어떤 조건의 환경에서 살아야 할까? 우리가 앉아 있는 의자에 다닥다닥 달라붙어 다리를 갉아먹고 있는 멤버들을 쳐다보며 이야기를 나누었다. 어린 강아지가 이갈이로 가구를 파괴할 수 있다는 걸 아는 사람이어야 할 텐데. 이건 문제 행동이 아니라 자연스러운 일이라는 것도. 재산상 손괴의 규모를 줄이는 방법은 혼내는 것이 아니라 충분히 산책하고 밖에서 시간을 많이 보내는 일이라는 걸 열심히 설명하고 강조해야겠다고 다짐했다. 그렇게 입양 필수 조건을 정리했다.

개가 건강한 개답게 살기 위하여 필요한 것이 무엇일지 생각해 본다면 정말 최소한의 기준이었다. 하지만 이 기준을 타협하지 않기로 마음을 단단히 먹어야 했다. 제주에는 유기견이 차고 넘치게 많다보니 입양 공고 중에는 줄을 길게 맨다면 실외견으로도 괜찮다고 입양 조건을 두는 경우도 있었다. 제주에 사는 개들, 특히 우리 멤버들 같은 중형 잡종견들은 거의 대다수가 마당이나 밭에 묶여 살고 있기 때문에 이들이 실내 생활을 해야 한다는 것부터 누군가를 설득해야 하는 영역이었다.

게다가 '매일 2회 이상의 산책을 할 것'이라는 조항도 고민이 필요했다. 자라나는 강아지들이 산책을 더 자주 할 수 있으면 좋겠지만, 최소한으로 잡아본 것이 하루 두 번이었다. 하지만 개들이 매일 산책을 해야 한다는 분위기가 생겨난 지도 채 몇 년 되지 않는데, 우리의 기준 때문에 입양 문턱을 더욱 높이는 것은 아닐까? 이런저런 고민 끝에 산책 횟수를 더 줄이느니, 홍보를 더 열심히 하자는 결론을 내렸다.

고심 끝에 최소로 정한 필수 조건이었음에도, 때때로 입양을 신청하는 사람 중에는 조건을 더 낮출 수 없는지 물어보는 사람들이

이갈이는 문제 행동이 아니라 자연스러운 일이다.

있었다. 하루에 한 번만 하면 안 되느냐고 산책 횟수를 깎아 보려는 사람이나 어릴 때는 실내에서 키우다가 크면 실외에서 키우면 안 되냐는 사람도 있었다. 어디에서부터 말해야 할지 막막한 질문도 많았다. 그때마다 최대한 열심히 설명하며 개선의 여지가 있는지 확인하곤 했다. 설령 우리 멤버들과 인연이 닿지 않더라도 다른 반려동물을 입양할 때 도움이 되었으면 좋겠다는 바람에서였다. 예를 들어 산책 횟수를 깎으려 하는 신청자에게는, 충분한 산책의 중요성에 대해 설명하며 도그워커나 펫시터 서비스를 알려주었다.

입양 신청 조건을 만드는 과정에서 다른 유기견 입양 단체들의 입양 조건도 살펴보았다. 그 과정에서 충격적이었던 것은, 우리는 대부분의 단체 기준에 따르면 서류에서 광탈(광속 탈락)하게 되는 기준 미달자라는 사실이었다. 대부분의 단체에서 나이, 혼인 여부, 가족 구성원 수 등으로 입양 조건을 두고 있었다. 1인 가구는 애초에 입양 신청도 할 수 없는 경우가 많았다. 법적 혼인 관계가 아니라면 1인 가구로 간주하는 경우도 많았고, 법적 혼인 관계에 있는 부부에게는 요구하지 않는 추가적인 증명을 1인 가구나 동거 가구에게는 요구하기도 했다.

이 조건대로라면, 만약 39세 여성이 친구 혹은 연인과 함께 살면서 유기견 입양을 신청하면 단체는 이 여성의 부모와 통화해 입

귤 하나

양 사실을 확인한다. 그리고 이 여성은 자신의 수입을 증명하는 서류도 제출해야 한다. 이 모든 것들은 법적 혼인 관계에 있는 이성애자 부부라면 하지 않아도 되는 부분이었다. 신청자가 실제로 얼마나 안정된 수입과 동거 관계를 유지하고 있는지와 무관하게, 혼인의 여부로 그것을 판단할 수 있다고 전제하고 있는 것이다.

나이로 제한을 두는 경우도 많았는데, 예를 들면 28세 이상인 경우에만 입양을 할 수 있는 단체들도 많았다. 가족 중 정신질환자가 있다면 입양할 수 없다는 조건도 있었다. 정신질환 혐오를 버젓이 입양 조건으로 내걸고 있다는 것이 당혹스러웠고, 그런 신청서를 보는 것만으로도 차별받는 기분이 드는 것 같았다. 그래서 살펴보는 내내 기분이 좋지 않았다. 1인 가구나 정신질환자, 성소수자와 비혼주의자나 20, 30대 연령의 사람은 동물을 책임감 있게 반려하지 못할 것이라는 가정에 도무지 동의하기 어려웠다.

아마 단체들에서는 수백 수천 명의 신청서 중에 입양 동물을 학대하거나 유기, 파양할 것 같은 무책임한 사람을 걸러내기 위해 고심하여 이러한 조건을 만들었을 것이다. 악의적으로 누군가를 차별하려는 의도는 당연히 없었을 것이다. 하지만 원래 차별은 많은 경우, 악의 없는 순수한 편견과 무관심 속에서 만들어지지 않던가? 우리가 신청자라면 차별적이고 권위적인 입양신청서를 작성하는 과정이 썩 유쾌하지는 않을 것 같다고 생각했다. 더 찾아보니 몇몇 단체나 개인들은 우리와 같은 문제의식을 가지고 '실제로 반려동물로 인한 스트레스 상황이 발생했을 때 어떻게 해결할 것인지' 등 서술형의 질문을 통해 동물에 대한 태도를 중심으로 입양자를 확인하고자 하는 경우도 있었다. 이런 점을 참고해서 우리도 입양신청서와 입양 조건을 정리했다.

우리는 이러한 고민을 담아 '반려견 전속 계약서'를 만들었다. 입양, 즉 데뷔가 확정되었음을 알리는 귤엔터 측과 전속 계약자 측의 계약서인 것이다. 사실 펫숍에서 동물을 판매하는 경우, 그 동물이 혼자 몇 시간이나 있는지, 어떤 사료를 먹일 것이며, 산책은 얼마나 할 것인지 묻지 않는다. 당연히 구매하는 사람도 그런 고민을 할 필요가 없다. 펫숍에서 가장 주요하게 묻고 답하는 것은 가격과 환불에 대한 부분일 것이다. 생명이 아니라 상품으로 취급하기 때문이다.

우리는 입양을 고민하는 사람들이 생명을 어떻게 대하는지 여부를 중점적으로 보고 싶었다. 그리고 그것이 결혼 여부나 나이, 가족 형태나 병력보다 훨씬 중요한 부분이라고 생각했다. 그리고 동물에 대한 태도를 중심으로 이야기한다면, 나중에 입양 가족과도 결국 동물의 좋은 삶에 대해 함께 이야기를 나누는 동료가 될 수 있지 않을까 하는 기대도 있었다. 이런 문제의식이 유기 동물 데뷔 업계에도 공유되면 좋겠다는 바람으로 전속 계약서 양식을 SNS에 공개했다.

전속 계약서에 적은 입양자의 의무 중 몇 가지를 소개하자면, '매일 산책을 보장한다'거나 '무슨 일이 있어도 반려견에게 화나 짜증을 표출하지 말고 잘못은 개가 아니라 인간이 하는 것임을 기억할 것', '개에 대해 적극적으로 공부하여 반려견의 품위 유지를 위한 교육을 꾸준히 진행할 것' 등이었다. 이렇게 입양자의 의무는 길게 쓴 것에 반해, 반려견의 의무는 딱 하나였다. '언제나 잘 먹고 잘 싸고 잘 자고 건강하기.' 그것 말고 무엇이 더 필요할까?

사람들은 '개의 문제 행동'이라는 표현을 쉽게 쓰곤 한다. 우리는 그것이 매우 인간 중심적이라고 생각했다. 외국에 살던 사람을 갑자기 완전히 낯선 곳에 데리고 와서 그 사람이 알아듣지 못한다고 '문제 행동이 있다'고 하는 것이 이상한 일인 것과 비슷하지 않은가. 우리는 인간이 개의 언어를 배우고, 개의 입장에서 이해하기 어려운 인간 사회의 여러 자극을 개가 편안하게 받아들일 수 있도록 시간과 노력을 들여야 한다고 생각한다. 이런 관점에 공감하는 사람이 귤멍멍이들의 전속 계약자가 되었으면 하는 바람을 꾹꾹 눌러담아 전속 계약서를 만들었다. 멤버들이 기꺼이 동의하길 바라는 마음으로 계약서 작성의 마지막 단계는 데뷔 멤버의 발바닥 사진을 찍어 지장 대신 붙여 넣는 것으로 대미를 장식했다.

첫 데뷔는 누구?

아쉽게도 제주탠져린즈의 단체 사진은 구조 전 마당에서 찍은 사진이 전부였다. 구조한 이후로 멤버들이 여러 사정 때문에 귤엔터 본사를 드나들었기 때문이다. 합숙 직후 한참 정신이 없을 때에 감사하게도 몇몇 반려견 보호자들이 제주 여행 와중에 멤버들을 단기 임시 보호를 해 주기도 했고, 제주 내에서 임시 보호처를 구한 멤버도 있었다. 무엇보다 문제는 황금향이었다. 황금향이 합숙을 시작하고 며칠 후 입원을 하여 한 달가량 병원 입원실 신세를 지게 된 것이다.

황금향은 마당에서 첫 프로필 사진을 찍을 때 자꾸 시야에서 사라졌다가 밥그릇 근처에서 발견되던 멤버였다. 사진 찍기 전 잠시 한눈을 팔고 있으면 온데간데없이 사라져 있었다. 어디에 갔는지 한참 찾다가, 발 밑에 보이는 강아지를 확인해보면 황금향을 똑 닮은 천혜향이었다. 결국 한참 헤맨 뒤에야 밥그릇에 얼굴을 파묻고 무언가를 먹고 있는 황금향을 찾을 수 있었다. 밥그릇에서 꺼내진 황금향은 입맛을 쩝쩝 다실 뿐이었다.

제주탠져린즈의 첫 프로필을 자세히 보면 발가락 사이마다 밥풀이 붙어있고 머리털은 참치 기름으로 빛난다. 마당의 주인 할아버지가 개들에게 주고 바닥에 버려둔 햇반 통과 참치캔에서 묻혀온 것이었다. 그 중 황금향은 특히나 유독 밥풀과 참치 기름으로 범벅이었는데 그 모습이 웃겨서 황금향의 특징을 '잘 먹음'이라고 적었다.

프로필 사진을 찍을 때까지만 해도 쩝쩝대며 멀쩡했던 황금향이, 다음 날 구조를 하려고 가니 다리에 붕대가 칭칭 감긴 채 모견 옆에 누워만 있었다. 동물병원에서 붕대를 풀고 엑스레이를 찍어보니 왼쪽 앞다리 뼈가 똑 부러져 있었다. 털을 민 다리에는 두 개의 이빨 자국이 선명했다. 동네 주민들이 오고 가며 개들에게 과자 같은 것을 던져주곤 했는데, 아마 묶여 있는 성견 앞에 던져준 것을 주워 먹으려고 하다가 물린 것 같았다. 어찌나 심하게 물렸는지 뼈까지 부러졌던 것이다. 나중에 우리는 그 붕대를 묶어준 주민을 우연히 만나 추측이 맞았다는 것을 확인할 수 있었다. 황금향을 문 개는 원래 마당에 처음 방문했을 때 함께 묶여 있던 다른 성견이었다. 그 개는 우리가 마당에 다시 방문했을 때에는 줄이 풀렸는지 사라지고 없었다. 아마 어딘가에서 떠돌이개로 살아가고 있을 것이라고 생각한다. 제주도의 다른 평범한 들개들처럼 말이다.

황금향은 어린 나이에 큰 수술을 해야 해서 안쓰러운 멤버였지만, 그래도 다행인 것은 어딘가 구김살이 없는 유쾌한 캐릭터라는 점이었다. 사실 멤버들의 이름이 입에 아직 익지 않았을 때 우리는 황금향을 고창석이라고 불렀다. 풍채도 그렇고 어딘가 고창석 배우를 생각나게 하는 외모였기 때문이었다.

그래도 이제 갓 2개월이 된 강아지인 황금향에게 중년 배우의 이름으로 별명을 붙이는 것은 너무하다는 생각에 사람들 앞에서 실수로라도 부르지 않으려고 노력했다. 그런데 일이 그렇게는 흘러가지 않았다. 창석이 아니, 황금향이 병원에 입원해 있는 동안 트위터에서 한 랜선 이모가 황금향의 사진을 고창석 배우 사진과 붙여놓고 '솔직히 닮았어요'라는 문구를 달아 버린 것이다. 그 트윗은 많은 사람들의 공감을 받고, 널리 퍼져갔다. 그렇게 황금향은 고창석 배우 닮은 꼴 강아지로 본의 아니게 유명세를 타게 되었다. 세상에 숨길 수 없는 것이 세 가지 있다면, 그것은 바로 기침, 가난, 고창석 닮은 꼴 아닐까?

한창 세상을 받아들이며 사회화를 할 시기에 한 달 동안이나 입원실에 있던 황금향이 확신의 배우상이라는 소문이 동물병원에도 퍼져갔다. 동물병원 수의사, 간호사 선생님들 모두, 황금향을 예뻐하며 진짜 웃기는 녀석이라고 사진을 찍어 보여주기도 했다. 주로 황금향이 밥그릇을 베개처럼 베고 잠든 사진, 자면서도 개껌을 우물우물 씹고 있는 동영상 같은 것이었다. 개껌을 문 황금향은 마치 시가를 문 채 깊은 상념에 빠진 느와르 극의 배우 같았다. 한 달이 지난 뒤에야 황금향은 퇴원하여 귤엔터 본사에 합류했다.

전속 계약서와 입양 신청서 양식을 공개하자마자 풋귤과 금귤의 입양 신청이 들어왔다. 두 신청자 모두 유기견 입양을 고민하며 관련 정보를 알아보던 중에 우리 연습생들을 알게 된 것이었다. 수많은 가족 찾는 강아지들의 입양 홍보글 사이에 우리 연습생들의 사진과 콘셉트가 눈에 띄어 입양 신청을 하게 되었다고 했다.

제일 먼저 데뷔 스타트를 끊은 금귤은 입양 신청 후 일사천리로 입양이 확정되었다. 금귤의 입양 신청자는 전화 통화와 영상 통화를 거쳐 입양이 결정되자, 곧장 제주로 비행기를 타고 날아왔다. 우리의 첫 전속 계약자인 금귤 보호자는, 이전에 친구의 부탁으로 개 농장에서 구조된 손을 타지 않던 진돗개를 임시 보호하고 입양을 보낸 경험이 있는 사람이었다.

당시 금귤 보호자는 갑작스럽게 임시 보호를 시작해서 개에 대해 하나도 몰랐던 탓에 엄청나게 헤맸다고 했다. 결국 직접 몇 개월 간 책 읽고 공부하고, 강아지 액세서리까지 직접 만들어 사진까지 찍어서 입양 홍보를 한 끝에 결국 좋은 가정에 입양까지 보냈던 것이다. 그 뒤로 임시 보호를 몇 번 더 한 뒤에 이번에는 오래오래 함께 살 반려견을 입양하기로 결심했고, 그 타이밍에 금귤을 알게 된 것이었다.

금귤을 입양 신청하기에 앞서 몇몇 유기견 보호 단체에 입양 신청을 하고 전국 각지로 입양 면접을 가기도 했는데, 번번히 1인 가구라는 이유로 최종 탈락했다는 이야기를 들었다. 이렇게 개와 함께 살기에 완벽에 가까운 조건을 가진 사람이 1인 가구라는 이유만으

꽃향기를 맡고 있는 풋귤과 금귤

로 탈락했다니. 우리에게는 개를 보내기에 꼭 맞는 사람이었다.

금귤 전속 계약자의 사연을 듣고 있자니 우리만 이 이야기를 듣는 것이 아깝다는 생각이 들었다. 인터뷰 형식으로 정리하여 더 많은 사람이 볼 수 있으면 의미가 있을 것 같았다. 다만 앞으로 모든 멤버가 데뷔할 때마다 인터뷰를 해서 입양자의 사연을 공개하는 게 맞을지 고민이 들었다. 혹시라도 제주탠져린즈가 유명해져서 '내가 저 유명한 개를 입양한 사람이야'라고 트로피처럼 사용하고 싶어 하는 사람이 나타나면 어떡하지?

실제로 최근 1인 미디어나 SNS 인플루언서가 많아지며 귀여운 유기견을 입양하는 것을 콘텐츠의 소재로 사용하여 종종 논란이 되곤 했기 때문이다. 단순히 사람들에게 많이 회자되는 강아지를 갖고 싶은 마음 때문에 개를 입양하는 사람이 우리에게도 나타나지 않을까 걱정이 들었다. 하지만 마당개와 들개의 자식이자, 중형 잡종견의 입양자가 멋져 보이고 주목받는 것이 뭐 그리 나쁜 일일까? 그리고 그런 일이 일어나지 않게 개를 잘 이해하고 반려할 사람을 우리가 더 열심히 찾자고 다짐했다. 그렇게 귤엔터의 첫 반려견 데뷔 소식과 전속 계약자 인터뷰가 공개되었다.

"원래 저는 조선소 엔지니어였어요. 그러다가 조선업 불황이랑 코로나 때문에 일을 계속하지 못하게 되었을 때, 친한 친구가 갑자기 개 농장에서 구조한 황구를 저한테 맡겼어요. 책 8권을 같이 주면서, 언니가 아니면 이 개는 갈 데가 없어서 큰일 난다면서. 워낙 친한 친구라, 그렇게 하면 제가 어떻게든 책임질 걸 알았던 거죠. 개를 키워본 적 없고 개에 대해 아무것도 모르는 상태로, 저는 17kg짜리 성견 진돗개 한 명이랑 방에서 대치 중인 상황이 된 거예요.

처음엔 많이 안 좋았죠. 어떻게 해야 할지 몰라서 책도 찾아보고, 교육도 찾아보고. 나한테 어쨌든 떨어진 개니까, 어떻게든 입양될 수 있게 뭐든 다하자고 생각했어요. 처음에 찍었던 사진 보면 똥꼬만 나오고, 엉망진창이에요. 그땐 무조건 산책만 했어요. 매일 8km, 10km씩 걸었죠.

트레이너가 이런 개는 엄마가 하듯 천천히 쓰다듬고 느긋이 옆에서 지켜보고 해야 된대서 정말 엄마처럼 한 것 같아요. 점점 교감이 되기 시작하는 게 느껴졌고, 그 이후론 교육이 곧잘 되더라고요. 힐 워킹도 하고, 수신호도 가르치고, 여러가지 했어요. 바깥 생활해 본 개들은 잃어버리면 찾기 어렵다고, 무조건 부르기(리콜) 교육이 중요하다고 해서 대형견 운동장 가서 제일 많이 한 게 부르기(리콜)

교육이었고요. 그중에서 저는 '스마일' 교육한 게 가장 성공적이었다고 느꼈어요. 왜냐면 그 이후로 찍은 사진은 다 웃고 있거든요.

나중에 황구랑 서로 좋아하게 되면서부터는 여러가지를 더 신경 써서 했죠. 진돗개가 무섭다고 하니까 친근하게 보이기 위해 반다나 같은 액세서리 만들어서 걸쳐 주고 나갔더니, 사람들이 어디서 샀냐, 나도 갖고 싶다고 해서 사업까지 하게 되었고. 목줄 사고로 애들 잃어버리는 걸 많이 보며 목줄에 대한 연구와 개발도 하게 되었고. 어쨌든 그렇게 8개월을 해서 보냈고 지금은 플로리다에서 잘 살고 있어요.

헤어질 때, 개들 공항에서 보낼 때 임시 보호자가 너무 울면 가는 내내 개들이 나가고 싶어서 낑낑대고 힘들어한다고 해서, 울면 못 보게 하거든요. 끝까지 참아보려고 했는데 결국 못 참아서 들어가는 것도 못봤어요. 마음이 많이 허전했죠. 그 뒤로도 여러 번 진돗개들을 임시 보호해서 보내고 했는데, 계속 열심히 입양 보내니 뿌듯하면서도 허전함이 있더라고요. '이제는 나도 내 아들같은 개가 있으면 좋겠다'는 생각이 들더라고요.

마지막 개까지 떠나니 마음이 더 허전해서, 입양할 개를 찾으러 평택도 가고, 서울도 가고 했었어요. 그런데 1인 가구라는 이유만으로 안된다고, 멀어서 안된다고 하더라고요. 그러던 때에 우연히 금귤을 보게 된 거죠."

귤 하나

다음 데뷔 타자는 풋귤이었다. 풋귤은 첫 프로필 사진이 워낙 귀엽게 나와서 SNS에서도 인기가 많았다. 마치 '안녕' 하고 인사하는 것처럼 정면을 주시한 채 앞발 하나를 들고 있는데, 사실은 목에 걸친 케이프가 귀찮아서 빼려고 손을 휘적휘적하다가 손톱에 케이프가 잠깐 걸린 찰나에 찍힌 사진이었다. 그것도 운명일지, 풋귤은 타고난 아이돌 마냥 사진을 찍는 족족 포토제닉 그 자체였다. 카메라 응시에 망설임이 없었던 풋귤은 2개월 강아지답지 않게 셔터 타이밍을 기다려주었다. 촬영하는 시간도 짧게 걸렸고 사진도 잘 나왔다. 그러다 보니 초반에 있었던 대부분의 입양 문의는 풋귤에 대한 것이었다. 풋귤이 빨리 입양을 갈 것이라는 사실은 귤청자[*] 대부분이 예상하고 있었을 것이다. 어떻게 하면 재미있게 풋귤이의 데뷔 소식을 알릴 수 있을지 고민이 되었다.

풋귤의 입양 계약서를 작성한 뒤 입양 기념사진을 찍으려고 보니 해가 넘어가 있었고, 급하게 공원 산책로 가로등 아래에서 사진을 찍었다. 그런데 결과물을 보니 가로등 조명 아래 풋귤의 모습이 마치 연예기사에서 자주 보았던 심야 데이트 포착 사진 같았다. 데뷔 확정 소식을 올리기 전에 티저 형식으로 디스패치를 패러디하여 '개스패치'의 취재진처럼 데뷔 멤버를 암시하면 재밌을 것 같았

[*] 귤엔터테인먼트를 응원하는 팬들의 애칭

다. 우리는 야밤에 또 신나서 퇴근을 잊은 채 사진을 편집하고 사진 위에 'Gaespatch. 이 뉴스는 가짜다.' 라는 로고를 한 땀 한 땀 합성해서 넣었다. 우리끼리 또 기발하다며 웃으며 게시글을 올렸다. 그러자 우리의 기대를 저버리지 않은 귤청자들이 과몰입한 축하 댓글을 마구 달기 시작해주었다. "의문의 P씨, 설마 제가 아는 그 ㅍㄱ인가요?" "P양 행적 공개 자세히 부탁드립니다." "행복해라 P씨!"

그렇게 길거리 캐스팅 이후 3주 만에 두 멤버가 데뷔하는 성과를 올렸다. 이대로 쭉쭉 데뷔로 이어져서 모두 데뷔시키는 날도 멀지 않았다는 생각도 찰나, 그 뒤로 한라봉의 입양이 불발되면서 오랫동안 누구도 데뷔하지 못하는 날들이 이어졌다.

사실은 목에 걸친 케이프가 귀찮아서
빼려고 손을 휘적거리다 찍힌 사진이었다.

반 려 견 전 속 계 약 서

귤엔터가 직접 사용하던 전속 계약서! 귤엔터가 실제로 맺었던 계약서에 어떤 내용들이 들어있는지 확인해 보세요. 연습생의 상황 혹은 입양자의 문화적 차이나 의견에 따라 계약서의 일부 조항은 수정하여 사용하였어요.

"반려견 연습생" 아무견의 "현 소속사(구조자)" 금배네는 "반려견 연습생" 아무견의 전속권을 "입양자" 아무개에게 양도하며, 이로서 아무견의 반려견 공식 데뷔를 확인하는 바이다. 이하 "반려견 연습생" 아무견은 "반려견"으로, "현 소속사(구조자)" 금배네는 "구조자"로, "입양자" 아무개는 "입양자"로 칭한다.

제1조 : 목적

1. 본 계약은 "반려견"과 "입양자"의 행복한 반려생활을 위하여, 의무 및 제반 조건을 규정하고 이를 성실히 이행하는 목적으로 한다.

제2조 : 계약 기간

1. 이 계약은 "반려견"의 평생 동안 유지된다.

제3조 : 입양자의 의무

1. "입양자"는 우울할 때나 기쁠 때는 물론, 집안의 대소사나 삶의 크고

작은 변화에도 "반려견"과 항상 함께하여야 한다.

2. "입양자"는 무슨 일이 있어도 "반려견"에게 부정적인 감정(화, 짜증 등)을 표출해서는 아니되며, 언제나 잘못은 개가 아니라 인간이 하는 것임을 기억해야 한다.

3. "입양자"는 비가 오나 눈이 오나 매일 2회 이상의 "반려견"의 산책을 보장해야 한다.

4. "입양자"는 개에 대해 적극적으로 공부하고, 이를 통해 "반려견"의 품위 유지에 필요한 사회화 교육을 꾸준히 진행하여야 한다.

5. "입양자"는 다양한 방법(장난감 놀이, 터그 놀이, 노즈워크, 친구 만들어 주기, 여행 등)을 동원하여 "반려견"에게 풍부한 반려 활동 무대를 제공해야 한다.

6. "입양자"는 "반려견"에게 필요한 생필품과 복지(양질의 사료와 식수, 적절한 운동, 예방 접종, 정기 검진, 심장 사상충 및 내외부 기생충 약 복용, 동물등록 등)를 제공하여야 한다.

7. "입양자"는 "반려견"의 중성화 수술을 진행하여야 하며, "반려견"이 질병에 걸렸을 경우 최선을 다해 치료에 임해야 한다.

1) "반려견"의 중성화 수술은 이갈이가 완료된 후 2개월 이내에 진행하여야 한다. 여자 개의 경우 첫 발정기가 시작되기 전 진행하여야 하며, 구체적인 시기는 협의할 수 있다.
2) "입양자"는 입양 시 "구조자"에게 다음 계좌번호로 책임비 십만 원을 보내야하며, 이는 중성화 수술이 완료된 후 반환된다.

8. "입양자"는 "구조자"의 모니터링에 적극 협조하고, "반려견"의 소식을 정기적으로 알려야 한다.

1) 입양 후 첫 한 달 간 "입양자"는 "구조자"에게 매일 "반려견"의 사진과 소식을 알려야 한다.
2) 입양 후 한 달 이후부터는 일주일에 2회 이상 사진과 소식을 알려야 한다. 그 이후는 상호 협의하여 정한다.
3) 사진과 소식을 알리는 방법은 휴대폰 메시지 또는 SNS 게시 등의 방법 중 상호 협의하여 정한다.

9. "반려견"이 실종되었을 경우 "입양자"는 실종 시각으로부터 2시간 내에 "구조자"에게 해당 사실을 알려야 하며, "입양자" 본인이 가장 적극적으로 수색에 임해야 한다. 이때 수색이란 온라인 홍보, 전단지 및 현수막 부착, 현장 수색 및 포획 작업과 이를 위한 인원 모집과 운영, 제반 비용 마련 등을 모두 의미한다.

10. "입양자"는 거주지 주소 및 연락처가 바뀔 경우 이를 지체 없이 "구조자"에게 알려야 한다.

제4조 : 반려견의 의무

1. "반려견"은 언제나 잘 먹고 잘 싸고 잘 자고 건강해야 한다.

제5조 : 계약의 해제·해지 및 파양

1. "입양자"가 아래 각 호의 의무사항을 위반한 경우에는 "구조자"는 계약을 해제, 해지할 수 있고, 이 경우 "입양자"는 즉시 "반려견"을

자신의 책임과 비용으로 "구조자"에게 반환해야 한다.

1) "입양자"가 제3조 7.항에 따른 기한 내에 "반려견"의 중성화 수술을 진행하지 않은 경우

2) "입양자"가 합당한 이유 없이 연락처를 통보 없이 바꾸거나, 2주일 이상 연락이 닿지 않을 경우

3) 기타 "입양자"가 제3조의 의무사항을 심각하게 위반한 것으로 판단되는 경우

2. "입양자"가 임의로 "반려견"을 제3자에게 양도하거나, 실외 생활 또는 교배를 시킨 것으로 확인될 경우 계약은 즉시 해제, 해지되며, "입양자"는 민형사상의 책임을 진다.

3. "입양자"가 "반려견"을 파양할 경우, "입양자"는 "반려견"의 재입양에 필요한 모든 비용을 부담하여야 한다.

1) 재입양에 필요한 모든 비용이란 이동비, 위탁비, 의료비 및 기타 입양에 필요한 모든 제반 비용을 의미하며 해외 입양을 하게 되는 경우에도 동일하게 적용된다.

2) 파양 시 책임비는 반환되지 않는다.

계약체결 일시 :
계약체결 장소 :

입양자	반려견	구조자
주소 :	성명:	주소 :
연락처 :	생년월일 :	연락처 :
생년월일 :		생년월일 :
성명(실명) :　　(인)		성명(실명) :　　(인)

굴엔터, 무사히 순항 중! ◡

제주탠져린즈, 스브스뉴스에 출연합니다!

"네? 주위가 시끄러워서 잘 못 들었어요. 다시 한번 말씀해주시겠어요?"

입양 문의자와 통화 중이었다. 멤버들이 합심하여 우리가 앉아 있는 의자를 이빨로 뜯고 있던 탓에 통화 소리가 묻혔던 것이었다. 급히 일어나 자리를 뜨며 입양 문의자에게 이갈이에 대한 설명을 한 번 더 강조해야겠다고 다짐했다. 성장기의 강아지들은 글자 그대로 하루가 다르게 쑥쑥 컸다. 추위를 타는 멤버들을 입히려고 지난주에 산 옷이 이번 주면 작아졌다. 금귤과 풋귤의 데뷔로 조금 여유가 생기긴 했지만 단기 임시 보호를 마친 멤버들이 복귀하고 황금향의 퇴원 날짜가 잡히며 우리는 초조해질 뿐이었다.

이미 잠을 줄일 대로 줄여 입에 돋은 혓바늘이 가실 날이 없었다. 멤버들의 산책과 사회화 교육, 접종과 기본 케어를 하면서 틈틈이 입양 홍보와 자질구레한 일들을 해나가고 있었다. 체리색 몰딩 탓에 멤버들이 안 예뻐 보이는 것 같아, 인터넷으로 구매한 배경지를 벽에 붙이고 조명을 밝혀 환하고 예쁜 사진을 찍어 올렸다. 볕이 좋은 날에는 멤버들을 바리바리 이끌고 해변에 나가 로케 촬영도 했다.

미래 입양자의 눈에 꽂히는 단 한 장의 사진을 만들기 위해 사진을 찍고 고르고 보정하고 문구를 고심하여 회심의 게시글을 올리기를 반복했다. 하지만 며칠이 지나도 아무런 입양 문의가 없을 때면 '누가 정말 보고 있긴 한 걸까?' 하는 의심이 들었다. 허공에 대고 홀로 떠들고 있는 것 같은 기분이었다. 이대로 계속 입양 신청이 들어오지 않으면 어떻게 하지? 불안감이 하루하루 쌓여갔다.

응원을 해 주는 사람들은 많았지만, 사람들 입에 회자되는 것에 비해 제대로 된 입양 문의는 손에 꼽았다. SNS 활용을 잘 못하고 있는 것 같아 SNS별 알고리즘을 공부하고 노출도를 높일 수 있는 방법도 고민했다. 타겟팅을 잘못하고 있는 걸까? 입양 기준이 너무 높은가? 예쁜 사진과 아이돌 콘셉트의 게시글을 올리는 것 외에도 할 수 있는 홍보 방법을 총동원해 보기로 했다. 유기견 문제에 관심을 가지고 있는 연예인들이나 인플루언서들에게 홍보를 부탁하기도 했고, 동물 관련 기사를 쓴 기자들의 메일을 수집하여 제보 메일을 보내 보기도 했다. 맨땅에 헤딩하는 마음으로 며칠을 메시지와 메일을 보내는 데에 집중했다.

우리가 평소에 좋아하거나 응원해왔던 유명인들, 특히 진도믹스견이나 잡종견을 구조, 임시 보호한 경험이 있거나 반려 중인 사람들에게 메시지를 보냈다. 그리고 그중 감사하게도 몇몇 분들이 취지에 공감하여 홍보글을 공유해주었다. 특히 강아지 만화로 유명한 네이버 웹툰 작가 홍끼님은 여러 번에 나누어 잊힐 만하면 한 번씩 홍보글을 새로 올려주기도 했다. '스트릿 우먼 파이터'에 임시 보호 중인 구조견과 함께 출연하기도 했던 댄서 가비님은 멤버들의 사진을 고심하여 골라 정성 어린 홍보를 해주기도 했다. 공유해준 분들은 잡종견이나 중형견인 멤버들의 입양이 얼마나 힘든지 공감과 응원의 말도 보태주었다. 정성 어린 공유 글을 보고 제주탠져린즈를 알게 된 분들이 우리 계정에도 많은 응원의 말을 보내주고 홍보를 자처해주기도 했다.

다리 수술을 무사히 마치고 퇴원 날짜를 기다리고 있는 황금향의 입양 문의가 하나도 없어 걱정이 되었다. 실례를 무릅쓰고, 고창석 배우에게 메시지를 보내기로 했다. 많은 사람들이 공유해주었던 '고창석 배우 닮은 꼴 강아지 황금향' 트윗도 캡처해서 함께 보냈다. '고창석 배우님을 닮아 많은 귀여움을 받고 있는 황금향이라는 아이가 수술 후 곧 퇴원하는데 아직 가족이 없다'는 구구절절한 사연도 함께였다.

며칠 뒤 감사하게도 황금향의 사연에 공감하는 고창석 배우의 가족 분과 메시지를 주고받을 수 있었다. 우리의 메시지를 잘 보았고, 황금향이 훨씬 더 귀엽다는 말을 해주었다. 그리고 가족을 찾는 데 도움이 되었으면 좋겠다는 응원과 함께 고창석 배우의 개인 SNS에 황금향이 가족을 찾길 바란다는 응원 메시지가 올라왔다. 그렇게 황금향은 '고창석 배우 인증 고창석 닮은 꼴 강아지'가 되었다. 많은 분들의 응원 덕에 힘을 내어 더 분주하게 움직여보았지만, 여전히 입양 문의는 들어오지 않았다. 무엇을 더 할 수 있을지 막막한 날들이었다.

다음 날, SBS의 뉴미디어 브랜드 '스브스뉴스'의 PD로부터 메

고창석 배우님을 닮아 귀여움을 받고있는
황금향이라는 아이가 곧 퇴원하는데
아직 가족이 없다는 메시지와 사진을 보냈다.

시지가 왔다. 제주탠져린즈 관련 피드를 보고 너무 재미있어서 연락을 드린다는, 궁금한 것들을 물어보고 싶다는 연락이었다. 우와 소리를 지르고는 호흡을 가다듬고 답장을 보냈다.

"기다리고 있었습니다."

시간 조율이 가능한지와 집 내부를 촬영해도 되는지 등 여러 가지를 물어보았는데 데뷔를 위해서라면 못 할 것도 없었다. 무엇이든 가능하다고 답변했다. '스브스뉴스'와의 협의는 아주 빠른 속도로 진행되어 바로 이틀 뒤에 촬영 일정이 잡혔다. 촬영 당일, 당연히 연습생들인 멤버들 위주로 찍을 줄 알았기에 멤버들을 단장해주기 바빴다. 아무래도 연습생이니까 화보 느낌으로 하려나? 멤버들 연기는 자막으로 넣는 걸까? 무엇을 촬영할지 몰랐기에 모든 걸 준비하려고 노력했다. 촬영에 멤버들이 협조를 잘 할 수 있도록 아침 일찍 일어나 산책도 단단히 마친 뒤였다. 촬영 중에 간식을 줄 일이 많을 것 같다는 생각이 들어 간식 배도 남겨두었다. 시간 맞춰 귤엔터 본사 겸 우리집 원룸에 '스브스뉴스' 촬영팀이 도착했다. 인간들은 이제 막 씻고 머리도 말리지 못해 모자를 뒤집어 쓴 채로 마중을 나갔다. 하지만 예상과는 다르게 촬영팀은 인간들에게 핀 마이크를 착용하기 시작했다. 그리고는 일정에 대해서 브리핑 해주었는데, 인터뷰 후 멤버들 촬영이 있을 예정이라고 했다.

'아, 말은 사람이 해야 하지.'

어떻게 보면 당연했는데, 왜 생각을 못했을까. 다행히 질문은 평상시에 많이 고민하던 것들로 구성되어 있었다.

"소속사의 철칙이 있나요?"

"인권을 갈아 넣지만 견권은 절대로 보장한다."

아마 인터뷰 전 산책을 결연하게 마친 뒤라 조금 더 비장하게 말을 했던 것 같다.

"이런 일을 하게 된 계기가 있나요?"

"제주에 와서 떠돌이 개들이 너무 많아서 놀랐어요. 사실은 마당에서 멤버들을 데리고 올 때 모른 척하면 이 친구들이 어떻게 살지 눈앞에 뻔하게 그려졌거든요. 보호소에서 안락사당하거나 들개로 혹독한 삶을 살았을 확률이 높았을 거예요. 이 친구들은 태어나서 상황에 맞게 살았을 뿐인데 사람 손에 잡히면 이유도 모른 채 안락사당하고 죽어가잖아요. 모든 개들을 구할 수 없지만 내 눈에 마주치고 만난 개들만이라도 어떻게 잘 살면 괜찮지 않을까. 이 친구들이라도 잘 살면 됐다고 생각해요."

열심히 답을 하는 동안 울컥해지는 순간이 있었지만 카메라 앞에서 청승맞게 울지는 말자고 다짐했다. 아주 잠깐 참지 못하고 눈물을 글썽였는데 그대로 방송에 나갈 것만 강한 예감이 들었다.

그러다 갑자기 PD가 준비해온 종이를 보여주며 "YG엔터테인먼트 양현석이랑 빅뱅 지드래곤 짤 아시죠? 이거 가능할까요?" 하고 물었다. 워낙 유명한 인터넷 밈이라 익숙하긴 했지만, 카메라와 촬영팀 앞에서 즉석으로 대사를 외워 하려니 "영귤아. 40일 연습하고 집에 갈 거야?"라는 짧은 대사가 외워지질 않았다. 대사를 겨우 성공해도 영귤이는 지드래곤처럼 가만히 고개 숙이고 있어주지 않았다. 붐 마이크의 스펀지를 뽑아가는 멤버도 있었다. 우리가 봐도 마이크가 장난감처럼 생겨서 멤버들의 마음이 이해가 가긴 했다.

우당탕탕 찍은 '스브스뉴스' 영상은 일주일 후 공개되었다. 평소 우리가 좋아하던 싱어송라이터가 영상에서 강아지들이 먹는 것을 보았다며 펫밀크를 박스로 보내주기도 했다. 어떤 분은 '그냥 태어나서 열심히 산다'는 말이 가슴을 울렸다며 어머니 댁에 평생 묶여 산 개가 처음으로 집 앞까지라도 산책을 다닌다며 조금씩 나아질 것이라는 응원의 메시지를 보내주기도 했다. 많은 힘을 받았지만 여전히 입양으로 이어지지는 않았다. 도대체 뭐가 문제인지 지인들에게 의견을 물어보았다.

"아무래도 다른 지역에선 제주도가 멀다 보니까 입양을 결정하기 힘들지 않을까? 나만 해도 입양하려고 찾아볼 때 온라인 카페에

굴 둘

서 아예 서울 경기로 지역 설정을 하고 봤거든."

듣고 보니 정말 그럴 수도 있겠다는 생각이 들었다. 육지에서 제주도까지 오는 데에는 비행기를 타야 한다는 물리적, 심리적 거리가 크니까 관심이 선뜻 입양으로 이어지지 않는 것일지 모른다.

'서울로 가야 하나?' 그런 고민을 하고 있을 때 한 팟캐스트의 출연 섭외 연락이 왔다. '니 새끼 나도 귀엽다'라는 제주도를 거점으로 한 반려동물 자랑 방송이었다. 멤버들을 홍보할 수 있는 기회이니 망설임 없이 승낙했다. 녹음 일자를 기다리며 우리는 점점 '데뷔하려면 서울로 가야 한다'는 생각을 강하게 하게 되었다. 수요 조사 끝에 어떻게든 되겠거니 저질러보자는 심산으로 서울행을 결정했다. 작은 경차에 강아지들을 욱여넣어 올라갈 생각을 하다 보니 예전에 봤던 미국 독립 영화 '리틀 미스 선샤인'이 떠올랐다. 어린이 미인대회에 출연하는 딸의 여정에 우당탕탕 온가족이 함께 하는 유쾌하고 따뜻한 영화였다. 그 영화와 우리의 상황이 비슷하지 않냐며 신난 우리는 영화 포스터를 패러디한 포스터도 만들었다. 이름하여 '리틀 퍼피 선샤인.' 서울 여정을 코앞에 두고 팟캐스트 녹음을 하게 되었는데, 진행자가 두 시간가량의 녹음 끝에 이렇게 말했다.

"아니, 이야기 들어보니 독립 영화보다는 발리우드가 어울리지 않아요?"

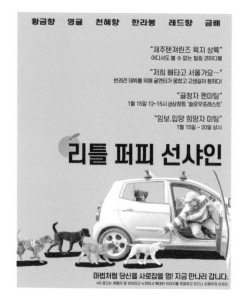

황금향 영귤 천혜향 한라봉 레드향 금배

"제주탠져린즈 육지 상륙"
어디서도 볼 수 없는 힐링 코미디물

"저희 배타고 서울가요…"
반려견 데뷔를 위해 귤엔터가 뭉쳤고 고생길이 훤하다!

"귤청자 팬미팅"
1월 15일 12~15시 @삼청동 '슬로우프레스트'

"임보.입양 희망자 미팅"
1월 15일 ~ 20일 상시

리틀 퍼피 선샤인

마법처럼 당신을 사로잡을 멍! 지금 만나러 갑니다.
※이 광고는 애들이 잘 보이라고 누끼따서 확대한 이미지를 포함하고 있으나 오해하지 마세요

영화 '리틀 미스 선샤인'을
오마주하여 만든 팬미팅 포스터

나름 우리의 여정을 가족을 찾아가는 따뜻한 감동 드라마라고
믿어 의심치 않고 있었는데, 듣고 보니 얼렁뚱땅 정해진 서울행이
유쾌하고 조금 황당한 발리우드 영화 같기도 했다.

어쨌든 한겨울 길거리를 헤맬 뻔한 이 대책 없는 서울 여정이,
팟캐스트를 듣고는 감명받은 망원동 가게 사장님이 장소를 통으로
빌려주는 결과로 이어지게 되었으니 '리틀 퍼피 선샤인'은 발리우
드든, 독립 영화든 성공적이었던 셈 아닐까? 눈물 없이 볼 수 없는
가족 상봉극 기대하시라! 개봉박두!

우당탕탕 첫 번째 팬미팅

"혹시 육지에서 팬미팅을 하면,

입양을 고민하는 분들 중에 참여하실 분이 있을까요?"

뜬금없이 올린 팬미팅 수요 조사에 귤엔터를 지켜보던 사람들, 이른바 귤청자들이 기대된다며 뜨거운 반응을 보여 주었다. 팬미팅이라는 명칭은 사실 기존의 유기견 행사에서 사용되는 표현은 아니고, 귤엔터의 아이돌 세계관에 충실하게 지은 명칭이었다. 직관적으로 연습생들과 직접 대면하는 자리를 떠올릴 수 있으면 해서 사용한 것이었는데, 이미 과몰입한 귤청자들은 그게 뭐냐고 묻지 않고 '실물 영접의 기회'라며 자연스럽게 받아들였다. 수요 조사를 올려놓고도 마음은 한동안 갈팡질팡했다. SNS에서의 뜨거운 반응과는 다르게 정식으로 참여를 신청하는 사람은 손에 꼽았고, 특히 진지하게 입양을 고민하는 신청자는 전혀 없었기 때문이다. 제주에서 육지로 멤버들을 다 데리고 간다는 것이 쉬운 일은 아니기에, 들이는 노력에 비해 성과가 미미할까 봐 걱정이 되었던 것이다.

　마침 제주의 한 유기동물 구조자와 통화를 할 일이 있어 상담을 했다. 제주도라는 지역적 특성 때문에 입양 신청이 저조한 것 같아서 서울에 가려고 한다는 우리의 말에, 그는 어차피 입양 신청을 하면 육지에 데려다주는 것을 공지했기 때문에 지역적 문제는 아닐 거라고 회의적인 의견을 주었다. 그럼에도 새로운 시도를 응원한다며, 다만 서울에 다녀와서도 입양이 안 되면 즉시 해외 입양을 준비 하라는 조언을 덧붙였다. 코로나19 때문에 해외 입양의 기회 자체도 귀한 상황인데다가, 해외 입양 역시 아이들이 어릴수록 수월하기 때문이었다. 감사하다는 인사와 함께 전화를 끊고는 마음이 싱숭생숭해졌다. 괜한 짓을 하는 건가. 빨리 해외라도 보내는 게 맞나? 하지만 당시에 해외 입양을 보낸다는 것은 곧 멤버들의 입양에 대한 권한이 완전히 우리의 손을 떠나 해외 입양 단체에 이관되는 것이었기 때문에 선뜻 결정하기 쉽지 않았다. 우리가 할 수 있는 마지막 순간까지 최선을 다해보자는 생각이 들었다.
　우리는 입양 의사가 없더라도 누구든 팬미팅에 참여할 수 있도록 참석 조건을 대폭 낮추기로 결정했다. 입양 의사는 없더라도 응원하는 사람들이 주변에 입양 권유라도 해줄 수 있지 않을까 하는 기대감 때문이었다. 간절한 마음을 담아서 제주탠져린즈 서울 팬미팅에 대한 게시글을 작성하여 여러 온라인 커뮤니티에 올렸다. 유기동물 관련 기사를 작성했던 기자들에게 메일도 돌렸다. 어딘가에 한 줄이라도 실렸으면 좋겠다는 바람에서였다. 팬미팅을 어디서 할지는 미정이었지만 적당히 공원 같은 곳에서 만나 함께 걷다가 너무 추우면 카페에 들어가 커피라도 마시면 되지 않을까 하는 막연한 계획만 있었다. 그때 한 카페 매니저님으로부터 메시지가 왔다.

'제주탠져린즈 소식을 평소에 인상 깊게 보며 응원하던 중, 육지 팬미팅을 염두하고 계신 것 같아 도움될 수 있을까 하고 연락드려요. 팬미팅 공간이 필요하시다면 저희가 제공해드릴 수 있을 듯 합니다.'

서울 삼청동의 한 반려동물 동반 카페였다. 우리에게 연락을 준 매니저님은 나중에 알고 보니 애니멀호더에게서 수십 명의 개들을 구조하여 입양 보낸 개인구조자이기도 했다. 우리에게 힘을 보태주고자 카페 사장님의 동의를 얻어 연락을 주었던 것이다. 서울 한복판 종로구의 카페라니 생각도 못했기에 어안이 벙벙한 기분으로 일정을 정하고, 팬미팅 시간과 날짜를 공지했다.

그런데 거기서 끝이 아니었다. 서울 마포구 성산동에 위치한 반려동물 동반 술집 '성미산알루' 사장님에게서도 메시지가 왔다. 팬미팅 장소를 제공하고 싶다는 연락이었다. '아이들의 데뷔에 도움이 되었으면 좋겠다'는 응원과 함께 그날 하루 장사를 접고 팬미팅을 편하게 할 수 있도록 돕겠다는 것이었다. 정체를 알 수 없는 사장님의 배포에 놀라던 와중에, 양재동의 '아트레이블 스튜디오' 사진 작가님들에게도 연락이 왔다. 연습생들이 프로필 사진이 없으면 안 된다며 입양 홍보용 사진 촬영을 해주겠다는 것이었다. 장소와 화보 촬영까지 정해지며 제법 엔터테인먼트다운 스케줄과 그럴싸한 팬미팅 모양이 갖춰진 것이다.

1월 5일 수요 조사를 올린 뒤, 1월 15일에 첫 팬미팅 일정을 잡았다. 우리는 열흘간 우당탕탕 배편을 예약하고 서울 행을 준비했다. 육지에 가는 데에는 꼬박 하루가 걸렸다. 멤버들이 푹 쉴 수 있도록 충분히 산책을 마친 후 비장하게 경차 트렁크를 열어 차곡차곡 켄넬을 쌓았다. 켄넬로 꽉 찬 차 안에는 짐까지 실을 곳이 없어서 루프랙에 캐리어를 올려 단단히 매달았다. 팬미팅에 찾아오는 사람들을 위해 미리 준비해둔 감귤 과즐과 멤버들의 의상과 현수막도 잊지 않고 챙겼다. 도움 준 분들께 드릴 오메기떡과 급히 제작

귤 둘

한 기념 스티커는 서울에 배달을 맡겨둔 채였다.

제주항 터미널에서 멤버들을 차례로 내려 다시 한번 배변 산책을 하고 차량에 태워 배를 선적했다. 멤버들이 배에 머무는 시간이 가장 적은 배편을 고르다 보니 전라남도 고흥으로 가는 배를 타게 되었다. 오후에 출발한 배는 해가 지고 난 뒤에 고흥 녹동항에 도착했다. 평소 차량 켄넬에서 쉬는 것에 익숙했던 덕에 멤버들 모두 편안하게 자다 일어난 모습이었다. 도착하자마자 고흥터미널 인근에서 멤버별 배변 산책을 하고 밥을 먹었다. 이제 인간도 식사를 하려고 보니 시간이 너무 늦어 문 연 곳이 편의점밖에 없었다. 간단한 음료수와 김밥, 각종 잠 깨는 껌과 사탕을 사들고 차에 올라탔다.

고흥항에서 우리가 숙소로 신세를 지기로 한 지인의 경기도 집까지 네비게이션을 찍어보니 442km가 나왔다. 쉬지 않고 운전해서 가면 다섯 시간이 조금 넘는 거리였다. 중간에 잠깐 배변 산책까지 하고 밤새 둘이 번갈아서 꼬박 운전을 했다. 사실 구대표는 운전하는 내내 눈물을 주룩주룩 흘리고 있었다. 지금 이 서울행을 끝으로 동고동락했던 멤버들을 해외로 보내야 한다는 생각에 상념에 빠져 있던 것이다. 지난 2개월의 시간 동안 할 수 있는 모든 방법을 동원하여 입양을 보내려고 노력했는데도, 단지 중형 믹스견이라는 이유로 우리나라에서 입양이 안 되는 현실이 분하고 억울해서 괜히 더 눈물이 나왔다. 그렇게 숙소에 도착해 간단한 산책을 하고 짐

여행을 떠나기 전 옹기종기 모여 있는
제주탠져린즈

을 내리니 날이 밝아오고 있었다. 팬미팅 당일 새벽이었다. 두 시간 정도 눈을 붙인 뒤 우리는 삼청동으로 향했다.

카페에 도착해 우리를 초청해준 매니저님과 인사를 주고받았다. 매니저님은 많은 사람들이 방문할 것에 대비하여 번호표와 팬미팅 시간표를 미리 만들어두었다며 우리에게 보여주었다. '멈푸치노 먹으며 팬들과 소통 시간(라이브방송)', '포토 타임' 등의 일정이 빼곡히 적혀있었다. "아니 번호표까지 필요할 만큼 사람들이 올까요?"라고 물었더니 매니저님은 "당연하죠!"라고 답하고는 분주히 공간을 준비했다.

우리는 기대에 부응하지 못할까 조심스러운 마음으로 주섬주섬 챙겨온 것들을 펼쳐놓았다. 멤버들의 의상을 차려 입히고 현수막을 붙이다보니 번호표를 붙인 사람들이 하나둘 나타나기 시작했다. 쭈뼛거리며 "어떻게 알고 오셨나요?" 물어보니 사람들이 "한라봉 팬이에요. 실제로 보고 싶었어요." 하고는 멤버들에게 다가가 잇몸이 드러나게 웃으며 사진을 찍었다. 팬미팅에 한정판 굿즈가 있을 것 같아서 택시를 타고 날아왔다는 사람도 있었다.

시간이 지날수록 많은 사람들이 몰려와 모두 응대를 할 수도 없어지기에 이르렀다. 현장에서는 여기저기 셔터 소리와 함께 환호 소리가 울려 퍼졌다. 사람들 사이에서 신난 멤버들이 각기 개인기

제주탠져린즈를 향한 애정이 한껏 담긴 현수막들

를 펼치고 있는 상황에 얼이 빠져 있으면 어디선가 매니저님이 나타나 다음 순서가 무엇이라고 귀뜸해주고 사람들을 불러모아주었다. 그동안의 걱정이 무색할 따름이었다. 그때 행사 시작부터 황금향의 곁을 떠나지 않던 한 분이 성큼성큼 다가왔다.

"황금향을 오랫동안 지켜봐왔습니다.
입양하고 싶은데 절차가 어떻게 되나요?"

그분은 작은 강아지와 살고 있는데 합사가 걱정이 되어 입양을 고민하고 있다고 했다. 우리는 서울에 며칠 더 머물며 입양이나 임시 보호를 고민하는 분들과 멤버들이 편하게 만나 산책해보는 시간을 가질 것이라고 답했다. 기존 반려견과 황금향이 편하게 만나는 자리를 가져보자고 차분하게 제안하면서도 속으로 쾌재를 불렀다.

'아니, 황금향 입양이라니! 미리 말씀도 안 하시고! 진짜로 입양을 생각하는 사람이 있었잖아!'

우선 다음 날 팬미팅에 기존 반려견과 함께 다시 방문하기로 약속을 잡았다. 황금향의 입양 문의 외에도 몇몇 멤버들의 임시 보호 문의도 있었다. 정말이지 정신없었지만 멤버들을 바리바리 데리고 온 보람이 있었다. 숙소로 향하며 SNS를 보니 팬미팅에 다녀

간 사람들이 후기 글과 사진을 잔뜩 올려주고 있었다. 실물파 연습생들의 매력에 폭 빠진 귤청자들이 열혈 홍보대사들이 되어 돌아갔던 것이다. 설상가상으로 MBC '생방송 오늘 아침' 작가에게서 메시지가 왔다. 다음 날 예정된 팬미팅을 촬영하고 싶다는 것이었다. 우리는 망설이지 않고 대답했다.

"기다리고 있었습니다. 어서 오세요. 데뷔를 위해서라면 못할 것이 없습니다."

미디어를 휩쓴 시고르자브종

첫날 팬미팅을 무사히 마치고 다음 날 두 번째 팬미팅을 위해 멤버들과 마포구로 향했다. 팬미팅을 위해 가게 문을 닫고 장소를 대관해준 사장님과 인사를 나눈 뒤, '생방송 오늘 아침' 촬영 팀을 맞이했다. 방송 촬영과 함께 행사를 진행하자니 몇 배로 더 정신이 없었다. 팬미팅에 방문한 분들 모두에게 갑작스러운 촬영에 대해 양해를 구했는데, 참여하신 분들이 너무나 능글맞게 인터뷰에 응해주었다.

"여기가 팬미팅 현장이라던데 응원하는 멤버가 있나요?"
"네, 단발머리에 얼굴에 주근깨가 진한 멤버가 있거든요."

굴 둘

사람들은 이틀간 정말 아이돌에게 조공하듯이 장난감과 간식을 챙겨와 멤버들에게 선물했다. 멤버들은 장난감 파티에 잔뜩 신이 나서 사장님이 가게 바닥에 깔아둔 러그 위에서 혀가 비뚤어지게 놀았다.

행사가 끝날 무렵에는 이틀간의 일정에 지친 멤버들이 하나둘 사람들 무릎에 올라가 숙면을 취하고 있었다. 사람들은 무릎에서 잠든 멤버들 때문에 다리에 쥐가 났을 시간이 한참 지났는데도 쉽사리 자리를 뜨지 못했다. 다리가 아프겠다고 잠든 멤버를 데려가겠다고 하면 그러지 말라고 우리를 되려 말렸다. 최애가 무릎에서 잠들다니 계를 탔다며. 몸을 움직이면 최애가 깰 거 같아서 그런데, 자기 오른쪽 주머니에서 휴대폰을 좀 꺼내 사진을 찍어 줄 수 있겠냐고 부탁했다. 낯선 이의 주머니를 뒤져 사진을 찍어주는 이 진지한 과몰입 현장에 웃음이 새어 나왔다.

사람들은 금배를 보고 모두들 '금배이사님'이라며 공손한 호칭으로 두 손을 모으고 인사를 했고, 우리를 진지하게 대표님이라고 불렀다. 진짜 사업자가 된 것도 아닌데, 처음 들어보는 호칭에 몸둘 바를 모르면서도 시나브로 익숙해지고 있었다. 몰입이 깨지려고 할 때마다 대표가 산통을 깨서는 안 된다는 생각에 이를 꽉 깨물고 터져 나오는 웃음을 참았다.

멤버들은 장난감 파티에 잔뜩 신이 나서
사장님이 가게 바닥에 깔아둔 러그 위에서
혀가 비뚤어지게 놀았다.

사람들에게 어떻게 오셨냐, 어떻게 입덕하게 되었냐고 묻자 다들 기다렸다는 듯이 대답을 쏟아냈다. 멤버들 다 너무 실물파다. 비주얼 그룹 아니냐. 절대 데뷔해야 한다. 레드향으로 입덕했다가 모든 멤버들에게 반했다 등등. 평상시에 유기동물 소식을 보면 마음이 아프고 할 수 있는 게 없어서 외면하게 되었는데 귤엔터의 홍보는 즐거운 마음으로 응원하게 되어 좋았다고도 했다. 제주에서는 종종 허공에 대고 혼잣말을 하는 것 같은 기분이 들곤 했는데, 이틀간의 팬미팅은 사실 우리가 하는 말들을 아주 많은 사람들이 들어주고 있었다는 것을 깨닫게 되는 시간이었다.

무엇보다 그동안 우리가 고심했던 부분을 사람들이 이미 다 알고 있었다는 것에 깜짝 놀랐다. 온라인상의 짤막한 응원 메시지 뒤에 얼마나 많은 마음을 보내주고 있었는지 새삼 느꼈다. 슬그머니 다가와서 "다음 팬미팅을 고민하신다면 저희 가게로 오세요" 하며 명함을 쥐어주고 가는 마포구 사장님들도 있었고, 취재하러 온 한국일보 기자님은 즉석에서 진행 스태프가 되어주기도 했다. 손보다 발이 많은 귤엔터를 모두가 십시일반 도와주었고, 이후로도 열성적인 홍보대사가 되어 쭉 연습생들의 데뷔를 응원해주었다.

다음 날 일정은 '아트레이블 스튜디오' 화보 촬영이었다. 신난 강아지들과 정신없이 촬영을 마치고 스튜디오의 작가님들과 이야기를 나눴다. 평소 유기견 사진을 찍어주는 봉사를 하고 있기도 하고 직접 구조해본 경험도 많은 당사자로서 여러 조언을 나누어주었다. "개들이 점점 크니까 초조하시죠? 포기하지 않으면 반드시 가족이 나타날 거예요. 지치지 말고 여유롭게 생각하세요. 그리고 우리처럼 누가 도와준다고 하면, 그냥 다 받아요." 이후에도 프로필 사진 업데이트가 필요하면 또 오라며, 귤엔터의 전속 포토그래퍼가 되어주겠다는 말과 함께 헤어졌다. 가족 찾는 용도로 몇 번 SNS에 게시하게 될 줄로만 알았던 그날의 프로필 사진. 그 자리의 누구도 그 사진이 이렇게 마르고 닳도록 사용되다가 이 책에까지 실리게 될 줄은 몰랐을 것이다. 잘 찍어둔 사진 한 장이 얼마나 중요한지 우리는 이후 1년에 걸쳐 깨닫게 되었다.

화보 촬영을 무사히 마친 뒤, 우리는 며칠 더 서울에 머물며 입양 및 임시 보호 신청자들과 만나 멤버들과 산책하고 이야기 나누는 시간을 가졌다. 아침부터 밤까지 멤버들을 태운 차를 끌고 서울 여기저기를 오가느라 정말이지 눈코 뜰 새가 없었다. 그 사이 MBC '생방송 오늘 아침'이 방영되었고, 다음 날에는 제주에서 녹음했던 팟캐스트도 공개되었다. 곧이어 경향신문과도 인터뷰가 잡혔고, 출판사 관계자에게 연락이 오기도 했다. 잡지 '빅이슈'에서도 커버 스토리로 제주탠져린즈를 다루고 싶다며 메시지를 보내왔다.

'지하철 탈 때 봤던 그 잡지? 그거 막 공효진이나 아이유 같은 사

귤 둘

람이 표지모델 하는 잡지 아니야? 우리 멤버들이 표지 모델이라니.'

　놀랄 틈도 없이 KBS 예능 프로그램인 '옥탑방의 문제아들'에서도 연락이 왔다. 제주탠져린즈의 사례를 소개하고 싶다는 것이었다. 일이 점점 커지는데 무슨 일이냐며 얼떨떨한 상태로 뭐든 입양에 도움이 될 것 같아 열심히 답했다.

　인터뷰한 신문이나, 잡지가 나오는 날이면 두근거리는 마음으로 구매했다. 걱정 반 설렘 반 펼친 지면에 열 맞춰 당당한 포즈를 취하고 있는 멤버들을 보면 숨이 턱 막혔다. '어머, 너무 멋있어.' 어쩜 의상도 찰떡으로 소화하고, 당당한 시선 처리하며. 이런 것이 뭐 준비된 연습생 그런 거 아니냐고, 흐뭇한 마음으로 잡지를 소중히 품에 안고 돌아갔다. 여러 인터뷰에서 공통적으로 이런 유쾌한 콘셉트를 어떻게 생각하게 되었냐는 질문을 받았다. 그동안 우리가 제주에서 목격했던 시골개, 마당개, 떠돌이 강아지들의 삶의 고단함에 대해서 설명했다. 우리 연습생들을 길거리 캐스팅하게 된 배경과 서울행을 결심했던 이유도 이야기했다. 사람들이 선호하는 모색도, 품종도 아닌 강아지들도 좋은 가족을 만나 충분히 잘 살 수 있다는 것을 증명하고 싶었다고. 이 여정은 사실 '간절한 몸부림'에 가까웠다고 말이다.

'아트레이블 스튜디오'에서
포즈를 취하고 있는 제주탠져린즈

아트레이블 스튜디오 제공

실물파 아이돌, 일단 만나 보세요!

팬미팅 이후 첫 데뷔는 누가 할지 궁금했는데, 화려하게 첫 데뷔를 한 멤버는 바로 황금향이었다. 황금향의 입양 신청자는 이틀간의 팬미팅을 모두 방문하고, 두 번째 날에는 기존 반려견과 가족을 모두 대동하고 참석하는 열정을 보여주기도 했다. 황금향의 입양 신청자는 개와 함께 살아본 경험은 많았지만, 큰 개는 한 번도 반려해 본 경험이 없어서 막연하게 두렵다고 했다. 그래서 괜찮다면 황금향과 일대일 팬미팅을 해볼 수 있냐고 적극적인 애프터 신청을 보내왔다.

이틀 후 우리는 입양 신청자의 집 근처에서 약속을 잡아 함께 산책하는 시간을 가졌다. 황금향이 지내게 될지도 모를 동네와 집을 소개하는 느낌의 편안한 산책이었다. 막상 같이 산책해보니 큰

귤 둘

개도 별반 다르지 않다는 것을 확인했다며 그날 밤 황금향의 입양 신청서를 제출했다. 전속 계약서를 작성하기 위해 다시 만났을 때 황금향의 데뷔명은 '창석'으로 정했다고 했다. 옥편을 뒤져 찾은 한자 '배부를 창', '클 석'을 붙여 창석이라고. 원래 가풍이 먹는 것을 중요하게 여기다보니 잘 먹는 황금향에게 부족함 없이 맛있는 것을 주겠다는 포부와 함께였다.

황금향의 입양 소식을 발표할 생각을 하자 슬금슬금 웃음이 절로 났다. 황금향이 남은 멤버 중 가장 먼저 데뷔할 것이라고는 아마 다들 예상하지 못했을 것이다. 우리는 서울 여정을 준비하며 사실 황금향을 함께 데리고 갈지 말지 고민했었다. 입양 문의가 없기도 했지만, 다리 수술 후 회복 중인 황금향을 무리하게 하는 것은 아닐지 고민이 되었던 것이다. 더군다나 한동안 떨어져서 지내다가 다른 멤버들과 함께 지내는 것에 다시 적응해야 했는데, 그 과정에서 멤버들 모두가 스트레스를 받게 되진 않을지도 걱정이 되었다. 하지만 정말이지 안 데리고 왔으면 어쩔 뻔했는가. 우리는 팬미팅 내내 맡은 바 임무였던 팬들의 심장 저격을 완벽하게 해낸 황금향에게 축하와 치하의 말을 아낌없이 건넸다.

한라봉과 천혜향은 서울에 임시 보호처가 생겼다. 제주에 있는 것보다 여러 사람에게 노출될 확률이 높은 서울에서 임시 보호처를 구해 잘 되었다며 기뻐하던 중, 곧이어 두 멤버의 입양을 고민하는 사람들이 나타났다. 두 사람 다 개를 반려해본 경험이 없어 고민과 걱정이 많았다. 운 좋게도 마침 두 사람이 사는 곳과 멀지 않은 곳에서 두 멤버가 임시 보호를 시작한 덕에, 두 사람도 충분히 가까이에 두고 고민할 수 있는 시간이 생긴 셈이었다.

우리는 서울에 있는 동안 부담 없이 만나 산책해 보자고 제안했고, 여러 가지 고민을 듣고 이야기 나누는 시간도 가질 수 있었다. 만날 때에는 초보 보호자에게 필요한 많은 정보를 제공하기 위해 노력했다. 산책줄을 잡는 방법이나 트릿백(간식 가방)을 착용하는 방법부터, 간단한 '앉아.' '손.' 같은 개인기 교육법, 배변 교육법이나 동네의 평이 좋은 동물병원 정보와 동물병원에 가는 것을 무서워하지 않게 하는 방법 같은 것들 말이다. 언제든 아주 사소한 것이라도 편하게 물어볼 수 있도록 대화방을 만들어 필요 물품의 체크리스트와 유용한 교육 영상과 팁을 보내주기도 했다.

두 입양 신청자의 크고 작은 질문을 듣고 답하는 과정은 귀찮기 보다는 반가웠는데, 이들의 질문이 진도믹스견을 둘러싼 편견에서 비롯된 것이 아니라 생명체와 어떻게 잘 살 수 있을지에 초점이 맞춰져 있었기 때문이다. 품종별 성향이 아니라 눈앞에 존재하는 한라봉, 천혜향과 실질적으로 잘 살 수 있을 것인지 고민하고 있었다. 어미개가 진돗개라고 했더니 입양 신청을 단박에 취소하는 사람을 상대하다가, 그런 것은 조금도 신경 쓰지 않는 사람들을 보니 신기했다. 그동안 입양 문의를 한 사람들 중에는 별다른 계획이나 고민 없이 일단 자신에게 보내기만 하면 알아서 잘 키우겠다는 사람들도 많았다. 그렇다 보니 외출을 길게 해야 할 때는 어떻게 하면 좋은지, 명절에는 어떻게 하면 좋은지, 면허가 없는데 장거리 이동을 어떻게 해야 할지 등 삶의 중대사 속에서 멤버들과 어떻게 살 것인지 고민하는 두 사람의 모습이 인상 깊었다.

그리고 무엇보다 두 사람은 이렇게 유명한 강아지가 초보 보호자인 자신과 살아도 괜찮은 것인지 진심으로 걱정하고 있었다. 우리는 그분들에게 멤버들은 자신이 유명하고 인기 많은 줄 모르니 다행이지 않냐며 안심시켜 드리기도 했다. 입양을 희망하면서도 결단을 망설이는 한라봉과 천혜향의 입양 신청자에게 입양 전제 임시 보호를 제안해보았다. 그리고 입양 전제 임시 보호 기간을 거쳐 두 사람 모두 긴 '입덕 부정기'를 끝냈다.

"한라봉은 못 돌려드려요. 이제 저랑 살 겁니다."

제주에 복귀한 우리 집에 한라봉과 함께 방문하여 일주일간 머물던 한라봉의 입양 신청자가 마침내 전속 계약자가 되는 순간이었다. 한라봉과 천혜향의 전속 계약자 인터뷰가 공개되었을 때 많은 사람들이 너무 감동적이라는 댓글을 남겨주었다. 아마 한 사람이 불확실한 미래 속에서 온전히 한 생명을 십여 년간 책임진다는 것의 무게감과 그에 대한 진지한 고민이 잘 드러났던 것 같다. 우리도 그 크고 작은 고민과 걱정을 함께 듣고, 마침내 우리가 사랑하는 강아지들과 함께 삶의 불확실성 속으로 걸어 나가기로 결정하는 순간을 곁에서 지켜볼 수 있어 감동적인 기분이었다.

천혜향 입양자 인터뷰

"산책 마치고 들어오면 혜향이한테 '잘했어.'라고 말해 줬거든요. 근데 그게 왠지 나 자신에게 하는 말 같은 거예요. 저번에 산책하는데 혜향이가 안 움직였던 적이 있어요. 제가 길에서 쩔쩔 매고 있으니까 어떤 분이 자기 강아지 간식인데 이거 줘 보겠냐고 하시더라고요. 얼떨결에 받아서 주니까 개가 잘 움직였어요. 그분이 그럼 이거 다 먹이라고 남은 간식 봉지를 주고 갔어요. 이런 일은, 제가 평소대로 혼자 다녔으면 절대로 일어나지 않을 일이거든요. '아, 얘가 내가 절대 하지 않을 일을 하게 만드는구나. 내가 이걸 기다렸구나' 하는 생각이 들더라고요.

제가 원래 불안이 높은 사람이에요. 프리랜서라 더 그런 것도 있을 거예요. 공연 쪽은 요즘같은 겨울이 비수기인데, 일도 없고 그러면 나는 앞으로 아무것도 못할 것 같고……. 불안이 그냥 계속 올라와요. 근데 혜향이가 있던 이틀 동안에는 그런 생각이 거의 안 든 거 같아요. 혜향이는 제가 어떤 상태인지 개의치 않고 자기 하고 싶은 대로 하더라고요. 제가 불안하든 말든, 저한테 기대기도 하고 벌러덩 누워있기도 하고, '속편하게 산다는 게 저런 거구나' 하는 느낌. 그러면서 이런 생각이 드는 거죠.

'아, 그동안 난 속 편하게 살지 않았던 거구나.'

혜향이가 평온하게 누워있는 걸 보고 있으니, 지금 이 집이 되게 안전하고 평온한 상태라는 걸 깨닫게 되더라고요. 얘를 보고 있는 것만으로도 불안 지수가 떨어질 것 같다는 생각이 들었어요. 이틀간 함께 지내면서도 여전히 결정을 못해서 친구한테 상담을 했어요. 이대로 다시 혜향이가 임시 보호처로 돌아가면 또 기약 없이 가족을 기다리는 되는 게 걱정이라고. 그랬더니 친구가 묻더라고요.

"근데 왜 네 감정에 대해서는 말을 안해?"

저는 제가 그러고 있는지도 몰랐어요. 상황이나 책임에 대해서만 고민하고 있었단 걸 알고나서, 그럼 내 감정이 어땠는지 생각을 하게 됐죠. 원래 제가 누구한테 잘 기대지도 않고 타인이 저에게 기대는 것도 좋아하지 않거든요. 근데 혜향이가 그냥 슥 얼굴을 제 몸에 기댈 때, 생각보다 그 온기가 좋았던 것 같더라고요.

저는 감정의 기복이 그렇게 크지 않거든요. 삶도 루틴이 정해져 있고, 감정도 그래요. 진짜로 제가 감정이 별로 없는 건지, 안해버릇해서 그런지 몰라도 '이래도 흥 저래도 흥' 하거든요. 제가 작년에 마흔이 되었는데, 앞으로의 삶도 크게 다르지 않고 무난하게 살 것 같았어요. 특별히 목표가 없더라고요. 근데 그게 한편으론 저의 세계가 너무 좁아져 있는 것처럼 느껴졌어요. 그걸 좀 깨고 싶기도 했고. 반려동물을 들이면 제 세계가 좀 확장될 것 같아서 고민을 시작한 거기도 해요. 근데 어제 밤이 보호자님이 '강아지를 입양하고 다양한 감정을 경험할 수 있어서 좋았다'는 얘기를 하셨거든요. 그런 건 제가 예상치 못한 부분이었는데, 많이 와닿았어요. 그게 저한테 너무 필요한 부분이라는 생각이 들더라고요.

다른 얘긴데, 개인적으로 이 과정이 '생각보다 나 주변에서 되게 응원을 받고 있잖아?'라고 깨닫는 과정이기도 했어요. 한 번은 저처럼 걱정 많은 친구에게 얘기했더니 한참을 말리는 거예요. 그래서 왜 자꾸 하지 말라고만 하냐고 했더니, '그럼 해.' 이러더군요. '그리고 사람들한테 도와달라고 해.'라고. 제가 남의 도움을 받지 않는 걸 잘 아는 친구거든요. 근데 이건 할 수 있을 것 같았나 봐요. 개인 SNS에 올렸을 때도 지인들이 '우주대스타 혜향이가 너랑 왜?' 이렇게 놀리면서도 되게 좋은 반응을 보내주더라고요. 깜짝 놀랐어요.

새로운 모험으로 날 이끌어달라는
소망을 담은 이름을 갖게 된 '산초'

'아니, 이들이 이렇게 강아지를 좋아했나?'

제가 제 생각보다 훨씬 많은 걱정과 응원을 받고 있다는 걸 알았어요.

산초는 돈키호테의 도전을 도와주는 동료잖아요. 조건 없이 믿고, 같이 가고, 못 할 것 같다고 망설이면 '할 수 있어'라고 용기를 주고, 사랑스럽고, 위트가 있죠. 제가 '맨 오브 라만차'를 좋아하거든요. 친구가 무슨 강아지 이름까지 일이랑 연관 짓냐고 그러긴 했는데, 하하. 만약 같이 살게 된다면 무슨 이름이 좋을까 생각하다가 퍼뜩 떠올랐어요. 새로운 모험으로 그렇게 날 이끌어달라는 소망을 담아 '산초'라고 부르기로."

명랑 만화 굴엔터 ③

굴박스, 리필 완료!

이렇게 파양이라니

울면서 제주에서 서울로 갔던 것이 무색하게 제주로 돌아올 때
는 구대표와 귤이사 그리고 금배이사까지 임원진 외에는 레드향과
영귤 두 멤버 뿐으로 오붓하고 단출했다. 서울로 향하며 눈물을 주
룩주룩 쏟아냈던 구대표는 놀림을 받아 머쓱했지만 내심 기분이
좋았다. 산책을 한 번에 다 같이 나갈 수 있다는 것도 좋았고, 무엇
보다 서울에서 잔뜩 받은 응원 덕분에 마음이 든든했다. 남은 두 멤
버의 데뷔는 어렵지 않을 것 같았다. 영귤의 경우 입양을 신청한 사
람들이 몇몇 있었는데다가, 그중 에너지 넘치는 영귤의 성향과 가
장 잘 맞을 것 같은 가족과 서울에서 한 번 만남을 가진 뒤였다. 그
가족은 곧 제주도 가족 여행이 계획되어 있다며, 제주에서 다시 보
기로 했던 것이다.

그즈음이었다. 한라봉 전속 계약자가 한라봉이 산책할 때 잘 걷지 않으려고 하는데 이유를 모르겠다며 고민 상담을 해왔다. 세세하게 도움을 주고 싶어도 말만 듣고는 어려워서 차라리 시간이 된다면 제주도에 놀러올 겸 며칠간 와서 함께 산책해보는 것은 어떤지 제안해보았다. 우리 집에 머물며 자연스레 개의 시그널을 이해해보는 이른바 '귤엔터 멍캠프'. 우리는 그 핑계로 한라봉과 며칠 지낼 수도 있어 좋고, 보호자님은 관광도 하고 낯선 생명체와 사는 데 필요한 기초 지식을 쌓을 수 있으니 좋은 기회가 아니냐고 부추겼다. 결국 한라봉 보호자는 휴가를 내고 한라봉과 함께 제주에 방문했다. 한라봉이 먹던 사료며 배변 패드며 다 있으니 몸만 오면 된다고 속삭인 보람이 있었다. 며칠 만에 공항에서 다시 만난 한라봉과 감격의 재회를 마치고 멍캠프 일정의 막이 올랐다.

처음 금배와 살기 시작했을 때를 돌이켜보면 산책을 매일 하는 것 자체가 힘이 들었던 기억이 있다. 비가 오거나, 미세먼지 농도가 나쁜 날이나, 몸이 좋지 않은 날이면 한 번만 쉬어도 되지 않을까 하는 마음이 슬금슬금 피어 올랐다. 그래도 종일 산책을 기다렸을 금배와 나가 걸었던 처음 일 년 동안은 몸살이 올까 말까 한 상태가 지속되었다. 자칫하면 크게 앓을 것 같은데, 신기하게 하루에 만 보 이상씩 걸으니 골골거리면서도 조금씩 건강해지고 있었다.

그 기억을 떠올리며 한라봉 보호자에게도 매일 2회 이상 산책

제주도로 돌아와 한껏 공기를 마시는 한라봉

하는 일상에 적응하기까지 매우 고단할 테니 무리하지 않는 것이 중요하다고 당부했다. 말은 그렇게 하면서도 한라봉이 자신의 가족과 함께 놀러왔다는 사실에 감개무량한 우리는 점차 신이 나고 있었다. 입양 홍보 사진을 찍었던 새별오름도 가 보자며, 처음 발견 장소였던 쓰레기 더미 마당도 가야 하지 않겠냐고, 노을 지는 시간에 맞춰 협재해수욕장에도 가자고. 산책을 마치고 원룸에 도착하면 겨울 바닷바람에 지친 모두는 드러누워 단잠을 자기 바빴다.

그렇게 같이 지내며 자연스럽게 한라봉 보호자가 난감해하던 상황에 함께 할 수 있었다. 산책할 때 걷지 않으려고 했던 이유에 대해서도 추측할 수 있었다. 아마 도심 골목에 떨어진 음식물 쓰레기 같은 것을 주워 먹었을 것이고, 그것을 제지하려다 보니 산책 줄을 팽팽하게 잡았던 것이 원인일 것 같았다. 인간은 냄새 맡는 것인지, 뭘 주워 먹으려는 것인지 알 수 없어서 긴장되다 보니 줄을 바짝 잡게 되고, 개는 무엇을 하려고 할 때마다 제지를 당한다고 생각하니 걷다가 아예 엉덩이를 붙이고 앉아 버린 것이다. 우리가 유용하게 사용하는 '뱉어'라는 트레이닝과, 줄을 느슨하게 잡는 것의 중요성에 대해서 설명했다. 자극이 많은 도심에서 필요한 다양한 트레이닝을 하기 위해선 보상이 굉장히 중요하다고 설명했다. 먹을 것, 장난감, 이름을 부르는 것, 쓰다듬는 것 등이 보상이 될 수 있고 그게 보상으로서 효과가 있으려면 희귀해야 한다고 강조했다. 쉴 때는 방석, 우비, 간식 같은 쇼핑 정보도 나누고 산책하다 만나는 무례한 사람을 어떻게 대처해야 하는지도 이야기했다.

한라봉 보호자와 제주를 산책하는 동안 영귤의 입양 신청자 가족이 약속대로 제주로 가족 여행을 왔다. 동물을 반려해 본 경험이 없는 신청자 가족에게, 반려견에 대한 여러 이야기들을 나눴다. 특히 주보호자의 중요성에 대한 이야기를 많이 나눈 참이었다. 가족 구성원 수가 많다 보니 다 같이 돌아가며 강아지를 돌볼 생각으로 입양 신청한 가족에게, 기본적으로 식사, 산책, 놀이, 교육 등에 대한 계획을 세우고 이끌어가는 주보호자가 있어야 책임에 공백이 생기지 않는다고 강조했다.

다시 만난 신청자 가족은 그 사이 가족회의를 통해 주보호자를 결정한 상태였다. 서울에서의 만남에 이어 리드줄을 잡는 법, 개와 서로 스트레스 받지 않게 편안하게 산책하는 법, 개의 주의를 끄는 방법이나 개의 몸짓 언어 등에 대해 설명했다. 다른 가족 구성원이 뒤에서 기다리는 동안 주보호자가 잠깐 리드줄을 잡아보고 헤어지려니 부족하다는 생각이 들어, 일정이 된다면 주보호자와 보조 보호자만 따로 만나 여유롭게 산책을 한 번 더 해보는 것이 어떠냐고 제안했다. 그렇게 며칠 후 다시 만나 함께 좀더 긴 산책을 해보기도 했다. 서투르지만 소중한 여행 시간을 쪼개 열심히 함께하는 태도에 우리는 영귤의 입양을 확정하는 쪽으로 마음이 기울었다.

영귤의 입양처로의 이동을 어떻게 할지 고민하다가, 우리는 다시 한번 다 같이 서울행 여정을 떠나기로 결정을 내렸다. 멤버들이 임시 보호처나 입양처로 거취를 이동할 때 우리는 가능한 함께 이동하여 멤버에게 살게 될 동네와 집을 소개하는 과정을 밟아왔다. 멤버들 입장에서는 갑작스럽고 당황스럽기만 할 공간과 보호자의 변화를 최대한 편안하게 받아들였으면 하는 마음에서였다. 영귤이 낯선 가족의 손에 이끌려 갑자기 떠나기 보다는 우리가 직접 새 집을 소개하고 천천히 이동할 수 있게 하자는 결론을 내렸다.

이번에는 완도항을 거쳐 서울로 가기로 했고, 마침 천혜향도 앞서 언급한 전속 계약자 인터뷰를 하러 가기로 약속이 되었다. 가는 김에 우리 집에 머물고 있던 한라봉 전속 계약자도 태우고 함께 서울에 복귀시키면 되겠다며 완벽한 계획에 우리끼리 박수를 쳤다. 얼떨결에 경차에 배 타고 서울 가기 여정에 함께하게 된 한라봉 보호자는 전라도 어느 고속도로 즈음에서 후회했을지도 모르지만, 이미 돌이킬 수는 없었을 것이다.

늦은 시간 서울에 도착하여 한라봉 가족과 작별하고, 다음 날은 천혜향의 전속 계약 도장을 찍고 초보 보호자를 위한 이런저런 안내도 곁들였다. 동네를 쉬엄쉬엄 충분히 걸은 뒤, 함께 집에 들어가

해질녘 금능해수욕장에서
산책을 하고 있는 레드향과 영귤

배변 패드나 방석의 적절한 위치를 알려주고 이가 간지러운 나이의 개가 뜯을만한 것들을 알려주었다. 식물을 지키려면 화분을 높은 곳으로 옮기시고, 소파의 니트 커버는 너무 매력적인 이갈이 용품으로 보이니 유의하라고. 재산상 손괴가 발생할 수 있다고 말씀드리자, 오래된 소파여서 상관없다고 하여 안심했다.

그렇게 천혜향이 낯선 집에서 누워 편히 쉬는 것을 확인하고 천천히 한 명씩 집 밖으로 나왔다. 다음 날은 영귤이었다. 전속 계약서를 작성한 보호자에게 익숙한 동네 아파트 단지와 골목을 영귤이에게 소개하듯이 천천히 걷고, 집 안으로 함께 들어가 공간을 소개했다. 제주에서 챙겨온 익숙한 냄새가 나는 방석과 여러 가지 장난감, 팬미팅에서 받았던 선물과 영귤이 좋아하는 간식과 며칠간의 사료, 배변 패드 등을 하나하나 설명하며 전달했다. 접종 기록이 있는 병원 수첩, 응원의 메시지가 적힌 현수막이나 인식표 등 설명할 것이 많았지만 멤버들의 데뷔 때마다 해오던 과정이라 익숙했다.

영귤과 함께 산책을 할 때, 줄 잡는 것에 대한 걱정이 많았던 보호자인지라 다음날에도 동네 공원에서 만나 산책해 보기로 약속을 잡았다. 벌써 다섯 번째 만남이었다. 우리가 머무는 숙소에서 왕복 세 시간이 넘는 곳에 있었지만 필요하다면 할 수 있는 최대한 도움을 주어 보호자가 산책에 하루빨리 익숙해지길 바랐다. 그래야 영귤이 편안할 것이기 때문이다. 그렇게 멤버들의 이동과 보호자들의 산책 교육을 도운 뒤 우리는 다시 제주로 출발했다. 오후 내내 달려 자정이 넘은 시간, 완도항에 도착해 간단히 컵라면을 챙겨 먹고는 제주행 배에 몸을 실었다. 도착해서 레드향과 금배이사의 배변 산책을 하려고 보니 새벽 6시, 아직 해가 뜨기 전이라 어두웠다. 피곤한 몸을 이끌고 집에 도착하자마자 모두 단잠에 빠졌는데, 우리를 깨운 것은 뜻밖의 연락이었다.

전화를 받을 때가 아마도 오전 10시 즈음이었다. 아직 세 시간도 못자서 피곤한 상태로 전화를 받으니, 영귤의 가족 중 한 명이었다. "죄송하지만 영귤이 저희가 못 키울 것 같아요." 잠이 순식간에 달아났다. 고작 사흘 만에 마음이 바뀐 연유를 물으니 그저 죄송하다, 힘들어서 못 키울 것 같다는 말만 반복했다. 많은 말이 떠올랐지만 자칫 기분을 상하게 했다간 영귤에게 화풀이라도 할까 걱정되어 꾹 참고 약속을 잡았다. 여러 가지를 고려하여 완도항에서 만나 영귤을 돌려받기로 했다.

그날 밤, 귤이사는 제주에 남아 레드향과 금배이사의 산책을 하고, 천혜향의 데뷔 소식을 SNS에 올렸다. 그 사이 구대표는 배를 타고 완도항으로 가서 영귤이를 만났다. 영귤의 줄을 건네 받고 나서야 물을 수 있었다. 이유가 뭐냐고. 가족 중 한 명이 답했다. 밤에

애가 돌아다니는 발소리가 시끄러워서 며칠 동안 잠을 잘 수가 없었다. 바닥이 강화마루라는 말을 덧붙였다. 다른 가족이 이어서 답했다. 생각보다 털도 많이 빠지더라. 강아지 키우는 게 이렇게 힘든 건 줄 몰랐다. 주보호자였던 사람은 말이 없이 고개를 끄덕였다.

그들을 돌려보내고 영귤을 데리고 제주로 오는 배를 기다리는 동안 주변 산책을 하는데, 가까이 오지 않고 간식을 줘도 쳐다보지도 않았다. 사람 손길을 좋아하던 아이었는데 벗어나고만 싶어 했다. 아마 하루 종일 이름 부르고 만지고 간식을 주었을 것이다. 이름을 부르면 장난스럽게 달려오던 영귤이었는데. 조용히 이름을 불러보았지만 팽팽하게 줄을 당기며 먼 곳만 바라보고 있었다. 미안하다는 말을 되뇌며 제주로 돌아오니 다시 새벽 6시였다.

택시를 타고 집 앞에 내리자, 영귤이 몸을 푸드득 털더니 무언가 기억이 난 것처럼 신나게 계단을 뛰어올라가 현관 안으로 들어갔다. 우리는 매번 영귤이 신나서 집으로 뛰어 들어가는 모습을 '이 몸 등장!' 하는 만화 주인공 같다고 이야기하곤 했는데, 딱 그 모습 그대로였다. 잠자던 레드향이 벌떡 일어나 둘이 뒤엉킨 채로 씨름하고 노는 모습을 한참 지켜보다 '영귤아' 부르니 그제야 와라락 품안으로 뛰어 들어왔다. 원래의 영귤이었다.

그 뒤로 한 달 반이 넘는 시간 동안 레드향과 영귤의 입양 문의는 한 건도 없었다. 영균을 입양하고 싶다고 했던 좋은 사람들을 다 놓치고, 우리의 잘못된 선택으로 영균의 가장 빛나는 시절을 망쳐 버렸다는 생각이 떠나지 않았다. 이후 두 멤버에게 더 집중할 수 없는 상황이 펼쳐지면서 우리가 어디에서부터 무엇을 잘못한 것인지 끝없는 자괴감이 드는 시간이었다.

귤이 귤을 낳으면? 제주만다린즈!

제주탠져린즈 멤버들의 데뷔가 생각보다 오랜 시간이 걸리며, 우리는 멤버들의 모견에게 재임신이 가능한 시기가 다가오는 것을 걱정하고 있었다. 보통 반년에 한 번이라고 하지만 서두르면 좋을 것 같았다. 종종 주인 할아버지에게 전화를 걸어 중성화와 접종에 대해서 이야기했는데, 그때마다 돈이 없다며 어물쩍 말을 돌리곤 했다. 마침 제주탠져린즈를 눈여겨보던 몇몇 제주도 유기견 보호 단체들에서 제주탠져린즈의 접종 비용과 마당 성견들의 중성화 수술 및 심장사상충 치료 비용을 지원해주겠다는 연락을 받았다. 수술 가능한 날짜를 받아 주인 할아버지에게 허락을 구하기 위해 전화를 걸었다. 할아버지는 그렇게 하라고 하고는, 무언가 주저하는 듯 하다가 입을 뗐다. 사실은 안 그래도 전화하려던 참이었다고, 우리가 서울에 갔을 즈음에 개 하나가 또 강아지들을 낳았다는 것이었다. 맙소사.

일단 전화를 끊고 쓰레기 더미 마당을 다시 방문했다. 말소리가 들려오자 뒤에서 잠을 자던 강아지들이 우르르 나와 우리를 반겼다. 휴대폰 불빛으로 앞을 밝혀가며 강아지들의 숫자를 세어보니 운명의 장난처럼 또 일곱 명이 아닌가. 밤이 늦은 시간이라 일단 돌아간 뒤, 다음 날 우리는 회충약을 사서 마당에 다시 방문했다. 임시 보호처를 구하든, 우리 집에 오든 회충은 마당에서 해결해야겠다는 결연한 의지에 빛나며 간식과 회충약을 비볐다.

다음 날 아침 일찍, 성견 둘의 중성화 수술을 하기로 되어있었다. 우리 차가 작아 큰 켄넬 두 개가 동시에 실리지 않을 것을 우려해, 병원으로의 이동 봉사를 지원해준 사람들이 있었다. 마당에 도착한 이동봉사자 두 사람은 어린 강아지들을 보고 깜짝 놀랐다. 어떻게 해야 할지 막막하다는 우리의 이야기에 두 사람은 아이들을 품에 안고 정말 그렇겠다고 고개를 끄덕였다. 우선 예약되어 있는 중성화 수술부터 마치기로 하고 두 명의 개를 각각 차에 나누어 태웠다.

한 시간가량 운전해 도착한 병원은 제주의 수많은 구조견들이 거쳐 가는 동물병원이었다. 겁먹을 줄 알았던 개들은 병원에서 예상 외로 크게 무서워하거나 방어적인 태도 없이 순순히 수의사의

말소리가 들려오자
모견 뒤에서 잠을 자던 강아지들이
우르르 나와 우리를 반겼다.

손길에 따랐다. 수술에 들어간 사이 이동봉사자들과 밥을 먹으며 이런저런 이야기를 나누었다. 알고 보니 두 사람은 수차례 유기견과 떠돌이 개를 구조하고 임시 보호하고 입양 보낸 경험이 있는 사람들이었다. 그리고 가족의 귤 농장 일을 함께 한다고 했다. 요즘은 한라봉 철이라고. '아, 진짜 한라봉이요? 저희 한라봉은 이미 솔드 아웃인데.' 하고 말하며 같이 웃었다.

수술을 마친 개들을 마당 제 자리에 다시 묶어 놓는데 마음이 좋지 않았다. 마당에서 우르르 뛰어나와 손길과 간식을 요구하는 어린 강아지들을 보니 더욱 심란할 뿐이었다. 그때에도 우리는 아직 이 아기 강아지들을 어떻게 할지 결정하지 못하고 있었다. 원룸인 우리 집에 금배와, 이제는 금배만큼 커진 영귤과 레드향이 있는데 거기에 아기 강아지 일곱 명이라니. 아무리 방을 울타리로 나누어도 모두 함께 있기에는 무리일 것 같다는 생각이 들었다.

더군다나 그때쯤 서울과 제주를 오고가는 장거리 운전으로 허리 디스크가 생겨, 앉는 것도 걷는 것도 어려운 상태였다. 병원에서 자주 물리치료라도 받으러 오라고 했지만 시간이 나지 않아 진통제를 먹으며 산책을 하고 있었다. 산책을 하다 약효가 떨어지면 길가에 벌렁 누워야 했다. 그날도 동물병원까지 개들을 이동시키며 켄넬을 여러 번 들었다 놨다 하느라 녹초가 되어 있었다. 주인 할아버지에게 수술을 잘 마치고 돌려놓았다고 알리고자 전화를 걸었다. 주인 할아버지는 조금 멋쩍어 하며 자신이 해야 하는 일을 대신 해 주어 고맙다고 했다. 그리고 덧붙이기를 아까 근처 공사장에서 일하는 아저씨들이 강아지 넷을 데리고 갔다는 것이다. 꼭 잘 키우겠다고 약속했단다. 미심쩍었지만 알겠다고 답하고 마저 산책을 하고 있는데, 낮에 헤어진 이동봉사자로부터 전화가 왔다.

"당근마켓에 강아지들이 올라왔는데, 아까 걔들 같아요!"

이건 대체 또 무슨 소린가. 문제의 '당근마켓'을 캡처해서 보내준 메시지를 황급히 확인해보니 어떻게 보아도 마당의 그 강아지들이었다.

"맞네요. 비행기 타고 가면서 봐도 알아 보겠어요."

익숙한 강아지 네 명이 품에 안겨있는 사진과 함께 '강아지 주인 찾습니다. 넷이에요.'라는 글이 적혀있었다. 글을 올린 사람에게 연락하여 내일 오전에 강아지를 데리러 가기로 해놓았다고 했다. 전화를 끊고 마당 주인 할아버지에게 전화를 걸었다. 이게 대체 무슨 일이냐고 물었더니, "잘 키우겠다고 했는데 이상하네." 하며 허허 웃었다. 많은 말이 차올랐지만 마당에 있는 개들의 치료와 소유권 문제를 생각하면 사이가 나빠져 봤자 좋을 것이 없었다. 그저 같이 허허 웃으며 통화를 마쳤다.

여러모로 유용하게 쓰였던
귤(사실은 당근인) 모자와 망토

다음 날 오전 '당근마켓'에 올라온 강아지들을 데리러 갔다. 혹시 몰라 제주탠져린즈가 입던 귤복과 카메라도 챙겼다. 소식을 알려준 이동봉사자들도 함께였다. '당근마켓'에 글을 올린 사람은 도로에 어린 강아지들이 위험하게 돌아다녀서 일단 자기 집 마당에 두었다고 했다. 자초지종을 들으면서 우리는 강아지들에게 귤 모자와 망토를 씌우고 각각 프로필 사진을 찍었다. 그 사이 우리는 강아지 사진 찍기에 달인이 되어 있었기에 촬영은 뚝딱 끝났다.

이 아이들을 다시 마당에 데려다 놓으면 이런 일이 또 생길 것 같은데 어떻게 해야 하나, 이런저런 방법을 떠올리고 있었다. 그때 이동봉사자 중 한 사람이 입을 뗐다.

"함덕에 있는 저희 귤밭에 창고가 있는데, 거기라도 괜찮으면 임시 보호처 구할 때까지 지내게 할까요?"

그 뒤로는 속전속결이었다. 주인 할아버지에게 다시 전화를 걸어 일단 어린 강아지들의 소유권을 우리에게 넘기는 것으로 정리했다. 마당에 들러 남아있는 세 강아지들에게 귤복을 입히고 프로필 사진을 촬영했다. 그날로 일곱 남매는 귤 창고로 이동했다. 이후 귤밭 매니저님들로 부르게 된 두 사람은 귤 창고와 창고 앞 귤 밭을 정리하여 펜스를 치고 어린 강아지들이 당분간 안전하게 지낼 수 있게 임시 거처를 마련해주었다. 강아지들이 실컷 밥을 먹고 배가 빵빵해진 채 쉬고 있다는 사진을 보며, 우리는 처음 제주탠져린즈의 그룹명을 정할 때, 후보에 있던 이름을 뒤적여보았다. 아직 쓰지 않은 귤 이름이 더 있는지도 검색하며. 그렇게 귤엔터의 2기 연습생, 제주만다린즈 탄생의 서막이 오르고 있던 것이다.

화려한 데뷔를 꿈꾸는 2기 그룹 제주만다린즈!

엄마는 아이돌, 노지감귤즈 등장!

2기 그룹의 이름은 '제주만다린즈'로 정했다. 영어명은 Jeju Mandarine Oranges. 귤 족보를 다시 한번 보며 아직 쓰지 않은 귤 이름을 찾아보았는데, '귤'이나 '향'으로 끝나는 이름을 또 쓰자니 제주탠져린즈 멤버들과 너무 헷갈릴 것 같아 걱정이었다. 이번에는 아예 영어권 나라에서도 쉽게 불릴 수 있는 귤 이름을 짓자는 생각에 영문 귤 족보를 펼쳐 들었다. 제주탠져린즈처럼 우리가 쭉 임시 보호 하며 국내 입양처를 찾기엔 시간이 너무 오래 걸릴 수 있겠다는 생각에 해외 입양도 적극 추진해볼 요량도 있었던 것이다. 그렇게 귤 족보를 탈탈 털어 우리가 생각하기에 가장 멋들어진 귤 이름을 선별하여 한 명 한 명 이름을 붙여보았다.

유독 사람이 다가오면 반기고 얼굴에 뽀뽀를 하는 멤버는 '스위

귤 셋

티', 프로필 사진에 혓바닥을 상큼하게 내밀고 있는 멤버를 '레몬', 어딘지 진중한 얼굴로 눈길을 끌던 멤버는 '포멜론', 강렬한 프로필 사진의 예능 캐릭터 멤버는 '오렌지', 똘망똘망한 눈으로 아이 컨택을 시도하던 멤버는 '라임', 항상 앞장서는 리더형 멤버에게 어울릴 만한 화려한 이름 '베르가모트', 유독 동글동글하게 프로필 사진이 찍힌 멤버를 '유자'로 지었다.

임시 보호처를 찾기 전에 우선 제주만다린즈 멤버들의 건강 상태를 확인해야 했다. 마침 며칠 후 성견 한 명의 중성화 수술이 잡혀있었기에 제주만다린즈를 데리고 가보기로 했다. 동물병원에 문의해보니 같은 마당에 있었던 남매들이라면 어차피 건강 상태가 비슷할 것이므로 굳이 모두를 데리고 오지 않아도 된다고 했다. 가장 약한 개체 둘을 일단 검사 해 보자고 하여 체격이 가장 작았던 라임과, 항상 뒤쳐지곤 했던 레몬을 데리고 함께 병원에 방문했다.

두 명 중 특히 레몬은, 처음 마당에서 보았을 때부터 우르르 앞에 나와 간식을 얻어먹는 남매들과 달리 뒤에 저만치 떨어져 삐약삐약 울기만 해서 건강이 걱정되는 멤버였다. 그러나 병원에 다녀온 결과 걱정이 무색하리만치 모두들 너무나 튼튼했다. 레몬은 생각보다 무게도 꽤 나가는 건강한 강아지였고, 가장 걱정했던 진드기 매개 감염도 없었다. 이제 가족 찾는 일에 몰두하면 되겠다며 안도했다.

마침 그즈음 우리는 제주의 '무명서점'이라는 한 독립서점의 사장님으로부터 제주 팬미팅을 해보는 건 어떠냐는 제안을 받은 참이었다. 남은 제주탠져린즈 멤버들의 팬미팅 겸 1일 서점지기를 해보라는 것이었다. 서울 팬미팅을 할 때 제주에서도 개최해달라는 말도 들었던지라, 우리는 감사히 제안을 받아들였다. 제주 한경면에 위치한 작은 서점이었는데, 홍보 콘셉트를 고심하다가 광화문 교보 빌딩에 걸린 대형 현수막이 떠올랐다. '자세히 보아도 예쁘다. 오래 보아도 사랑스럽다. 나는 원래 그렇다.' 라는 문구에 멤버들의 얼굴을 넣자 꽤 흡족스러운 결과물이 탄생했다. 홍보물을 올리자 귤청자들은 정말 교보문고까지 진출하는 줄 알았다며 웃었다.

우리는 이번 팬미팅에 2기 그룹을 처음으로 선보이기로 결심했다. 공간 사정상 제주만다린즈 세 멤버만 함께하기로 했다. 당일 아침 일찍 레드향과 영귤, 금배이사의 산책을 마친 뒤, 귤 창고에서 만다린즈 세 멤버를 데리고 팬미팅 장소로 향했다. 그렇게 스위티, 포멜론, 라임과 함께 책방 '무명서점'의 분점인 '책은선물'에서의 팬미팅이 시작되었다.

조용한 마을이라 많은 분들이 찾아오지 않을 것 같아 중간중간 멤버들과 산책 할 계획도 세웠는데 우리와의 예상과 다르게 사람들의 방문이 끊이지 않았다. 제주에서 고양이들과 살고 있는데 어린 강아지를 입양해도 될지 고민하던 분들이나, 마침 여행 중이었

귤 셋

다가 소식을 보고 들렀다는 사람, 우연히 들어온 서점에서 만난 멤버들의 사진을 찍어 홍보해준 사람들도 있었다. 어떻게 알고 오셨냐고 한참 이야기를 나누기도 하고, 멤버들 데뷔에 보태라고 사료며 간식이며 액세서리를 쥐어 주고 가는 사람들에게 감사 인사를 하고 틈틈이 책도 팔다 보니 정신없이 시간이 지났다. 팬미팅은 무사히 종료되었고, 함덕 귤 창고까지 제주만다린즈 멤버들을 데려다 놓고 나니 밤이 깊어 있었다.

며칠 후, 제주만다린즈 멤버들의 예방 접종일이었다. 멤버들을 바리바리 데리고 나타난 귤밭 매니저들에게 도움을 부탁하여 멤버들의 프로필 촬영을 진행했다. 제주만다린즈는 우리 집에서 합숙을 하는 것이 아니다 보니 몇 회의 홍보용 사진을 미리 촬영해 둘 생각으로 다양한 아이템을 챙겨 갔다. 접종 후 잽싸게 멤버 한 명씩 돌아가며 액세서리를 착용하고 간식을 먹이고 자리에 앉게 하고 간식을 먹이고 카메라로 시선을 유도하고, 또 다시 간식을 먹이고 셔터를 누르고, 다시 한번 간식을 먹이고 착장을 바꿔보며 간식을 먹이는 과정을 전광석화와 같은 속도로 반복했다.

옆에서 창고 매니저님들은 제주탠져린즈 때도 이렇게 했던 거냐며 신기해했다. 이런 옷들은 어디에서 사는 것이냐, 너무 잘 어울린다며 함께 열이 올라 촬영했다. 하지만 열심히 촬영했는데도 불

전광석화와 같은 속도로 진행된
제주만다린즈의 프로필 촬영

구하고 아직 남은 멤버가 셋 정도 됐을 즈음 두 사람이 멤버가 막 벗어 놓은 의상처럼 널브러지기 시작하는 것이 아닌가. 보는 것만으로도 힘든데 이걸 어떻게 매번 했냐며 고개를 내저었다. 귤엔터를 설립한 이래로 어린 강아지 사진 찍기에 준전문가는 되어 있는 것 같다고 웃으며 남은 멤버의 촬영까지 마무리했다. 그렇게 찍은 사진을 잽싸게 편집해서 SNS에 올리며 제주만다린즈의 임시 보호처를 구하는 일에 박차를 가했다.

제주만다린즈의 프로필을 정리하고 제주 팬미팅을 개최하는 사이 마당에 남겨진 성견들은 순차적으로 중성화 수술을 하고 있었다. 그런데 그 과정에서 전원 심장사상충에 감염되었다는 사실을 알게 되었다. 다행히도 감염 기수가 낮은 편이라 몇 주간 약을 먹고 주사를 맞으면 완쾌할 가능성이 높았다. 심장사상충은 모기를 매개로 감염되는 병이라 실외 생활을 하는 우리나라 마당개들이 많이 걸리는 병이면서도, 동시에 매달 예방약만 먹여도 손쉽게 예방이 되는 질병이다.

안타까운 마음에 주인 할아버지에게 심장사상충 예방약을 먹인 적이 없느냐고 물어보았지만 그는 그런 이야기는 처음 듣는다는 눈치였다. 예방접종은 맞추었는지 물어보자 다행히 작년 동네 동물병원에 왕진을 부탁해 맞추었다고 했다. 큰 개들 접종도 시키지 않는다고 어디서 신고가 들어와서 어쩔 수 없었다고 덧붙였다.

개 키우는 게 뭐 이리 복잡하고 어렵냐며 고개를 내저었다.

"할아버지, 혹시 이 참에 마당을 좀 깨끗하게 정리하고

환경을 개선해보는 건 어때요?"

벼르던 이야기를 조심스럽게 꺼내보았다. 심장사상충 치료를 하기에 마당 상황은 썩 안전하지 않았다. 심장사상충 치료 중에 개가 흥분하면 심장에 무리가 가서 위험해질 수 있는데, 마당에 워낙 많은 차와 사람, 개들이 지나다니기 때문에 흥분할 여지가 크기 때문이었다. 그리고 마당에서 개들의 밥과 약을 챙기다가 주민들과 마주치면 우리에게 주인 할아버지를 설득해서 어떻게 좀 해보라고 성화이기도 했다. 하도 개들의 배변을 치우라고 하여 둘이서 마당을 치워 보려고 청소 도구를 챙겨갔던 적도 있었다.

바닥을 쓸면 깊숙한 곳에서 깨진 유리 조각이 쏟아졌고, 널브러진 고물들은 주워도 끝이 없었다. 이건 업체가 와야 치울 수 있는 수준이라는 것을 깨닫고 그 뒤로는 착실하게 배변만 모아 버렸다. 이 참에 청소 전문 업체를 불러 마당을 깨끗이 청소하고 개들이 안전하게 치료 받을 수 있게 울타리라도 치면 어떻겠냐, 그럼 주민들도 좋고 할아버지도 좋지 않겠냐고 너스레를 떨어보았지만 할아버지는 묵묵부답이었다. 답이 없는 할아버지에게 저희가 일단

청소 견적이라도 한 번 받아보고 다시 말씀드리겠다고 이야기를
마쳤다.

할아버지 말고 다른 가족들도 설득해 보아야겠다는 생각과 함
께, 심장사상충 치료 기간 동안이라도 임시 보호처를 최대한 구해
야겠다는 생각이 들었다. 그렇게 귤엔터의 3기 연습생 그룹이 결성
되었다. 이름하여 하우스 귤을 꿈꾸는 '노지감귤즈.' 제주에서 밖에
서 키우는 귤을 노지 귤, 비닐하우스에서 키우는 귤을 하우스 귤이

굴엔터의 3기 연습생 그룹 '엄마는 아이돌' 노지감귤즈!

라고 하는 것에서 착안한 이름이었다. 귤엔터의 시작이라 할 수 있는 제주탠져린즈의 엄마 감귤, 제주만다린즈의 엄마이자 상큼 발랄한 자몽, 자몽과 다르게 조심스러운 성격을 가진 조생, 느긋하고 구김 없는 성격의 탱자, 그리고 자몽, 조생, 탱자의 엄마이자 온화하고 조용한 성격을 가진 온주. 사람들은 SNS에 공개된 노지감귤즈의 이름을 듣고 아직도 귤 이름이 이렇게나 많았다며 놀랐는데, 그건 우리도 마찬가지였다.

그사이 제주만다린즈의 임시 보호 문의가 몇 건 들어왔고, 마당 청소 업체와 울타리 업체에 연락해 견적을 받아 보기도 했다. 혹시 몰라 집 주변의 공터나 빈 창고, 비닐 하우스의 단기 임대가 가능한지도 여기저기 알아보고 있었다. 부동산마다 전화를 걸어보았지만 대부분 개들을 두는 것은 곤란하다며 거절이 이어졌다. 방법을 찾지 못한 채 며칠이 지났다. 온주와 자몽의 중성화를 하는 날이라, 아침 일찍 마당을 찾았다. 밤새 비가 내려 바닥이 축축했다. 감귤이와 자몽, 조생, 온주가 차례로 비에 젖은 몸을 흔들며 반겼다. 그런데 탱자가 있어야 할 자리에 탱자가 보이지 않았다. 줄이 풀렸나? 무언가 이상한 느낌에 시선을 돌리니 비스듬히 세워진 고무 대야가 눈에 띄었다. 천천히 다가가 고무 대야를 들추자 차갑게 식은 채 누워있는 개가 보였다.

탱자가 죽은 것이다.

물끄러미 바라보는 눈빛이 고왔던 탱자

할아버지, 잠수 이별은 안 돼요!

탱자의 갑작스런 죽음은 우리에게도 충격이었다. 그때쯤 우리는 몇 번이나 육지와 제주를 오가고, 제주만다린즈의 임시 보호처를 구하거나 병원을 오가며 할 수 있는 만큼 최선을 다하고 있다고 생각했다. 그리고 당시 우리가 해야 하는 일은 개들의 가족을 찾아주는 일이라고 생각했다. 무엇때문에 이 여정을 결심했던 것인지 잠시 잊고 있었던 것이다.

개들에게 가족을 찾아주려고 했던 이유는, 쓰레기 더미에서 태어나고 자란 이 개들을 살리고 싶어서 그랬던 거였는데. 우리가 결정하지 못하고 고민하는 사이에 탱자가 죽었다. 그동안 방법을 찾지 못하고 고민했던 시간들이 원망스러웠다. 더 이상 시간을 허비하면 안된다고 생각했다. 정신 똑바로 차리자고 다짐하며 슬퍼하거

귤 셋

나 낙담할 시간은 없다고 마음을 다잡았다.

탱자가 죽은 이유를 찾기는 쉽지 않았다. 탱자의 옆에 놓여 있던 밥그릇에는 누군가 부어놓고 간 잔반이 비를 맞아 잔뜩 불어 있었다. 잔반 속에 무언가 먹으면 안 되는 것이 섞여 있을 수도 있다. 동네 사람들이 전이며 생선찌개며 온갖 것을 밥그릇에 부어주는 것을 우리 눈으로도 봤으니까. 경고문도 붙여 놓았지만 소용없었다. 물건이 쓰러지거나 떨어지면서 머리를 다쳤을 수도 있다. 원래 온갖 잡동사니가 우당탕 쓰러지던 마당이었으니까. 탱자의 남매 중 하나는 어렸을 때 마당에서 주차하는 차에 치어 죽었다고 했다. 또 누구는 얼어 죽었다고 했다. 이유를 찾고자 하면 마당에는 너무나 많은 이유가 있었다.

며칠 후 조생이 입원하게 된 날에야, 탱자가 죽은 이유를 비로소 추측할 수 있게 되었다. 그날은 제주만다린즈 유자에 이어 레몬이 임시 보호처로 이동하기로 한 날이었다. 구대표는 레몬을 데리고 대구에 간 상태였다. 제주에 남은 귤이사는 홀로 마당에 방문했다가 조생이 혈변을 보고 움직임이 거의 없는 걸 발견하고는 급하게 동물병원으로 데려갔다. 검사 결과 파보 바이러스 감염 판정을 받았다.

파보 바이러스는 전염성이 강해 마당의 개들 모두가 걸려있을 확률이 높다고 했다. 어린 강아지들에게 특히 치명적인데 다행히도 제주만다린즈에게는 증상이 없었다. 파보 바이러스가 마당에 돌기 직전에 구조한 것이었다. 파보 바이러스는 증상이 나타나면 진행 속도가 아주 빨라 2, 3일 내로 심각한 상태가 될 수 있는 병이었다. 우리는 매일같이 남은 노지감귤즈의 상태를 살폈다. 주인 할아버지에게 전화해 탱자의 죽음과 조생의 입원 소식을 알렸다. 그는 탱자가 죽었다는 사실도 알지 못하고 있었다. 전에 그가 개들 접종을 했다던 것이 생각나 인근 동물병원에 모두 전화를 걸어 왕진을 왔다던 수의사를 찾았다. 알고 보니 광견병 접종만 한 것이었다. 왜 할아버지의 말을 곧이곧대로 믿었는지 후회스러웠다.

조생에 이어 감귤이 걱정이었다. 감귤은 원래 멀리서 우리 차 엔진 소리만 들려도 번쩍번쩍 뛰어오르고는 했는데 어느 날 뛰어오르는 높이가 전에 비해 살짝 낮았던 것이다. 간식도 전처럼 잘 먹지 않아 혹시나 하는 마음에 병원에 데려갔다. 수의사는 병원 이곳저곳의 냄새를 맡고 신나 있는 감귤을 보며, 기운이 없어 보이지 않는데 왜 데리고 왔냐며 크게 걱정하지 말라고 했다. 감귤도 파보 바이러스 양성 판정을 진단 받았지만 증상이 심하지 않으니 마당에서 항생제만 먹으며 지켜보아도 될 것 같다고 하여 다시 데리고 나와 마당으로 향했다. 혹시 몰라 온주의 약까지 받아왔다.

스위티와 포멜론을 서울 임시 보호처로 이동하고 온 다음 날은 자몽이 밥을 먹지 않았다. 좀처럼 밥을 남기는 법이 없던 자몽이었는데 맛있는 간식을 주어보아도 코로 땅에 묻는 시늉만 하고 먹지 않았다. 기운이 없지는 않아서 수의사가 왜 또 데리고 왔냐고 할까 봐 고민이 되었지만, 아무리 생각해도 먹보 자몽이 간식을 먹지 않는 것은 큰일이라는 생각에 동물병원에 데려갔다. 역시나 파보 바이러스 진단을 받았고 발열 등 증상이 나타나고 있던 상태라 입원을 하기로 했다.

며칠 사이에 살 확률이 절반도 되지 않았던 조생이 무사히 고비를 넘었다. 이제 조생과 자몽이 퇴원하고 나서가 고민이었다. 다시 마당에 돌려놓을 수는 없다. 다시 다른 병에 걸려도 이상할 것 없는 곳 아니던가. 하지만 전염병에 걸렸던 마당개를 위해 누군가 과연 자리를 내어줄까? 여러 고민이 들었지만 이러한 우리의 간절한 바람을 담아 SNS에 다시 한번 임시 보호처를 구하는 글을 올려보자고 생각하며 글을 썼다.

'기도하는 마음으로 노지감귤즈의 실외 임보처를 구합니다.'

그러는 사이, 주인 할아버지에게 전화를 걸었다. 혹시나 조생과 자몽이 회복하여 퇴원하게 되면 마당에 다시 돌려놓는 것이 걱정된다고. 앞으로 심장사상충 치료까지 생각하면 더 그렇다고 말했다. 그래서 조생과 자몽의 퇴원 이야기를 하며 마당을 청소해서 개들의 집이라도 만들어주던지 하다못해 병원비 일부라도 보태 달라고 이야기했다. 그 전에 주인 할아버지는 종종 자신이 개들을 얼마나 아끼는지 자랑하며 개들의 식비로 매달 이백만 원씩 쓴다고 이야기를 하곤 했다. 하루는 왜 그렇게 식비가 많이 드는지 물어보았는데, 매일 아침저녁으로 햇반과 참치 캔 하나씩 까서 사료에 비벼준다고 했다. 얼추 계산해보니 정말 비슷한 금액이 나왔다.

말씀하시던 한 달 식비 정도라고 생각하시면 되지 않냐, 저희가 못미더우면 병원으로 바로 송금해주셔도 된다고 설득해보았지만 그는 한숨만 연거푸 쉬었다. 최근 자기 아들의 전세 자금을 마련하느라 대출 이자 갚기에도 빠듯하다는 것이다. 통화를 가만히 듣고 있던 귤이사는, 개들이 죽을지 살지도 모르는 상황에 푸념만 늘어놓는 할아버지에게 화가 나, 듣고 있던 전화를 뺏어 들으려고 했다. 구대표는 전화를 받다 말고, 귤이사를 겨우 진정시키고 홀로 멀리 가서 할아버지와 통화를 마쳤다. 살다 보면 돈이 없을 수도 있으니 이해한다고, 힘드시겠다고. 조생과 자몽의 입원비는 해결해 보고 다시 전화하겠다며 전화를 끊었다.

하지만 그 뒤로 주인 할아버지가 우리의 전화를 받지 않는 날들이 이어졌다. 조생과 자몽의 회복 소식을 알리기 위해 전화를 걸었을 때도 받지 않았다. 그러면 문자 메시지로 소식을 남겼다. 며칠 뒤 줄이 끊어졌는지 마당에 온주가 돌아다니는데 잡히지 않는다는 마당 주민의 연락을 받았다. 당장 가볼 수가 없어서 주인 할아버지에게 전화를 해보았지만 역시나 받지 않았다. 서둘러 마당에 가 온주 이름을 가만히 부르니 구석에서 온주가 얼굴을 빼꼼 내밀었다. 사람들이 자신을 잡으려고 성큼성큼 다가오는 게 무서워 숨어있던 모양이었다. 여전히 답이 없는 주인 할아버지에게 자초지종을 설명하고 잘 해결됐으니 걱정하지 말라며 문자 메시지를 남겼다. 계속하여 전화를 회피하는 할아버지를 보며 이것이 말로만 듣던 잠수 이별이라는 것을 깨달았다. 이렇게 경험하게 될 줄이야.

아직 데뷔하지 못했던 제주탠져린즈 멤버 영귤과 레드향, 가족을 찾기 시작한 제주만다린즈 멤버 일곱과 그 중에서도 아직 임시 보호처를 찾지 못한 베르가모트와 오렌지. 그리고 퇴원을 앞두고 있는 조생과 자몽. 아직도 마당에 있는 감귤과 온주. 당시에는 개들의 숫자를 하나하나 손으로 꼽아 보다가 자주 막막함을 느꼈다. 방법을 찾지 못한 채로 이런 날이 계속되지 않을지 불안해지기도 했다. 동물병원에서 전화가 올 때면 혹여 나쁜 소식일까 봐 가슴이 철렁 내려앉았고, 마당에 약을 챙기러 갈 때면 온주와 감귤이 혹시 죽어있을까 봐 두려웠다.

탱자가 죽은 줄도 모르는 마당 주민들은 보이지 않는 개들의 행방을 속없이 물어보았다. 자초지종을 설명하면 입원한 개들이 퇴원해서 마당으로 다시 돌아오지 않았으면 좋겠다고 이야기했다. 그리고 남은 개들은 언제 데려가는지 속없이 물어보고는 했다. 당시에 마당을 자주 드나들며 자연스레 오고 가다 마주치는 동네 주민들에게 여러 이야기를 듣게 되었다. 가장 많은 이야기를 전해준 것은 어떤 어린이들이었다. 한 어린이가 이야기해 주기로는 자신은 2, 3년 전 태권도 학원을 다녀오다가 우연히 마당에서 강아지들을 보았고 그 뒤로 자주 와서 놀았다고 사연을 이야기해주었다. 탠저린즈가 더 어렸을 때 하나씩 안고 데리고 동네를 돌아다니기도 했다며. 한 어린이는 자랑하듯이 감귤에게 '안아 줘'라고 하면 일어서서 안아 준다며 시범을 보여주기도 했다.

마당에 처음으로 묶여 살기 시작한 개는 어린 온주였다. 온주는 중성화 수술 당시에 임신과 출산을 반복한 탓에 자궁에 물이 차올라 있었다고 했다. 조금만 늦었어도 큰 수술로 이어질 뻔했다고 했다. 온주의 자식이자 제주만다린즈의 엄마인 자몽이는 우리 생각보다 어렸고, 이른 출산을 한 것으로 보인다고도 했다. 자몽이 출산하고 얼마 되지 않아 목줄이 폐가구에 감겨 거의 목이 졸려 있던 것을 풀어준 사람도 만났다. 다른 주민에게는 감귤의 모견 이야기도 듣게 되었다. 줄이 끊어진 뒤로 잘 잡히지 않던 개는 결국 보신탕 집에서 잡아갔다고. 그동안 얼마나 많은 개들이 이 좁은 마당 안에서 태어나고 죽었을까.

이야기를 조각조각 맞추고 나니, 우리는 이 마당에서 개들이 겪어온 고통이 계속 반복되어온 일이라는 것을 알게 되었다. 폭력이 대를 이어오고 있었던 것이다. 가브리엘 가르시아 마르케스의『백년 동안의 고독』이 떠올랐다. 정작 개들의 이야기를 전해주었던 사람들은 대수롭지 않게 여겼다. 저런 개들은 원래 다 그렇게 산다고. 집에서 키우는 반려견과는 다르지 않냐고 했다. 당장 마당에서 지내야 하는 멤버들이 있는 터라 사람들의 말을 가만히 듣고만 있었지만, 우리는 왜 이 개들이 그런 취급을 당해야 하는지 이해할 수가 없었다. 원래 다 그렇게 산다는 말 뒤에 시골 잡종개들이 얼마나 고통으로 점철된 삶을 살고 있는지 잘 설명하고 싶었다. 그리고 도대체 이 폭력이 왜 대물림되어야 하는 것인지 따져 묻고 싶었다.

우리는 연재 중인 경향신문 칼럼 '우당탕탕 귤엔터'에, 인간이 아닌 감귤의 시점으로 마당에서 있던 일에 대해서 글을 작성했다. 감귤의 관점에서 그런 취급을 받는 것이 얼마나 비극적인지 전달되길 바랐다. 결국 짧은 줄에 묶여 사계절을 나는 개들도 보호와 안전이 당연히 필요하다고, 좋은 삶을 누려야 하지 않냐고 이야기하고 싶었던 것이다.

시고르자브종의 고독
마당개 감귤의 이야기

내가 이 마당에서 살기 시작한 건 2년 전쯤 더위가 한창 기승을 부리기 시작한 때였다. 그때는 아직 너무 어려서 모든 기억이 단편적으로만 남아있다. 내가 태어난 건 어느 식당 뒷마당. 어느 날 식당 아주머니가 낯선 할아버지에게 나를 들어 건네주고는, 엄마의 목줄까지 억지로 쥐여 주었다. 우리의 새로운 주인인 이 할아버지는 동네에서 개를 좋아하기로 소문난 사람이었다. 엄마는 황색 털에 검정 반점이 있었고, 나는 사람들 말마따나 '그냥 백구'였다. 그는 원래 어린 나만 데리고 가려 했지만 무늬가 특이하고 멋지지 않느냐며 엄마까지 같이 데려가라는 성화 때문에 우리 두 모녀가 마당에 나란히 자리 잡게 되었다.

우리가 도착한 마당에는 아무렇게나 넘어져 있는 가구 뒤로 다른 개가 이미 묶여 있었다. 그 개는 낯을 가리고 소심해서 언제나 구석에서 눈알을 굴리곤 했다. 언젠가 주인 할아버지가 하는 말을 들었는데, 새끼 때 꼭 도사견을 닮아 아무도 데리고 가려 하지 않아 데려왔다고 했다. 그냥 주겠다는 걸 그럴 순 없다며 한국 돈 1만 원과 일본 돈 1엔을 주고 데려왔다며 웃었다. 할아버지는 그 개를 '일용'이라고 불렀다. 사람들은 일용을 보고 무섭게 생겼다고 했지만, 사람들이 다가가도 못 본 척 자리를 피하는 그 소심한 개를 보고 왜 무섭다고 하는지 나는 이해가 되지 않았다.

운이 좋은 날엔 태권도 학원 차에서 내린 아이들이 우르르 몰려와 나를 쓰다듬고 놀아주었다. 아이들은 때때로 나를 안고 나가 동네 모험을 시켜주기도 했다. 내가 몸집이 커지자 할아버지는 나를 엄마 옆에 묶어 놓았고, 모험은 더 이상 못하게 되었지만 여전히 아이들은 가끔 나를 찾아와 쓰다듬고 안아주었다.

어느 날은 묶여 있던 엄마의 줄이 풀렸다. 우리 마당 앞으로 하루에도 몇 번씩 동네 개들이 지나가는데, 얼씬도 하지 말라고 평소처럼 몸을 던지며 호통을 치던 엄마의 줄이 순간 풀려버린 것이다. 종종 내 줄도 풀린 적이 있었지만 나고 자란 마당 밖으로 나가는 것이 두려워 마당을 벗어나지 못했던 나와 달리 엄마는 줄이 풀리자 동네를 탐험하기 위해 떠났다. 늦은 밤이 되어서야 피곤한 얼굴로 온몸에 신기한 냄새를 잔뜩 묻히고 온 엄마는, 주인 할아버지가 퍼 둔 밥을 먹고 쿨쿨 잠을 자다가 사람들이 움직일 시간이 되면 다시 산책을 떠났다. 깜빡 깊은 잠이 들었던 날 눈을 떠보니 엄마는 사라져 있었고 그 뒤로 다시는 볼 수 없었다.

"너희 엄마 보신탕 집 갔어."

어느 날 동네 아저씨가 진짜인지 모를 소식을 전해주었을 뿐이다.

그 뒤로 계절이 몇 번 바뀌었고 일용이 새끼 5명을 낳았다. 그 전에도 몇 번 새끼를 낳고 젖을 먹이는 걸 보았던 터라 놀랍지 않았다. 주인 할아버지는 묶여 지내기만 하는 개가 왜 이렇게 자주 임신하는 것인지 모르겠다고 혀를 찼다. 동네에는 돌아다니는 개들이 심심찮게 있었고, 우리 마당은 그 개들이 오고 가는 길목이었다. 일용은 묶여 있던 탓에 피할 길 없이 새끼를 배고 낳는 것을 반복했다. 이전에는 작고 어린 새끼들을 아는 사람들에게 나눠주기도 했지만, 이런 일이 자주 반복되다 보니 아무리 작고 어려도 데려가려는 사람이 나타나지 않게 된 것이다. 다섯 새끼 중 하나만 누군가 데려가고, 나머지 넷은 마당을 돌아다니며 지냈다. 며칠 지나지 않아 밤에 마당으로 후진해 들어오는 차에 한 명이 치였다. 어떤 사람이 병원으로 급히 데려갔으나, 가는 길에 죽었다며 다시 들고 돌아왔다. 그리고 그 죽은 새끼를 마당 한쪽에 묻었다. 남은 새끼 셋은 자라나 나와 같이 마당에 묶여 지내게 되었다.

묶인 개가 늘어나자 주민들이 주인 할아버지에게 언성을 높이는 일이 잦아졌다. 쓰레기와 고물을 잔뜩 쌓아둔 걸 겨우 치워 한숨 돌리나 했더니, 이제 거기에 온갖 똥개를 들여오고 먹고 싸는 걸 치우지도 않으면 도대체 여기 어떻게 살라는 거냐며 소리를 질렀다. 그중에는 집세를 더는 내지 않겠다고 과격하게 항의하는 사람과, 밤마다 우리가 마당을 지키는 소리에 스트레스를 받는다며 이사를 가는 사람도 생겨났다. 그들 말처럼 마당에는 온갖 고물이 우리의 배설물과 함께 널브러져 있었다. 아무렇게나 놓여 있던 거울은 넘어지며 깨져 우리를 할퀴었고, 텃밭에서 넘어온 흙과 우리의 배설물,

동네 사람들이 우리에게 주고 남은 음식물이 썩은 채 마당에 뒤엉켜 악취가 풍겼다.

사람들이 할아버지를 만날 때마다 항의하자, 그는 사람들에게 자기 감귤 농장에 우리를 다 옮기고 싶은데 아내가 반대한다고 변명했다. 농장에도 개가 8명이나 더 있는 데다 서울 사는 아들이 분양 받은 조그만 반려견을 야근으로 돌보지 못하니 농장에 데려다 놓겠다고 하는 터라 시끄러워서 그렇지 조만간 해결을 보겠다고 했다.

마당의 말다툼이 지지부진하게 흘러가는 가운데 날이 차가워질 무렵 나도 새끼 7명을 낳았다. 출산 전까지의 상황에 대해선 다시 떠올리고 싶지 않다. 그날 밤의 일로 송곳니가 빠졌고 콧등에 선명한 상처까지 생겼다. 새끼들은 그래도 대체로 건강하게 자랐다. 동네 사람들은 나와 새끼들을 보고 혀를 찼다. 소유권 포기나 동사무소와 같은 단어들이 자주 들렸다. 농장 개들도 새끼를 낳아, 말 농장을 한다는 사람이 큰 트럭에 개들을 다 실어갔다. 그사람에게 우리도 보내고 싶지만 연락처를 알 수 없다고 했다. 내 새끼들도 운이 좋아 살아남으면 나처럼 이 마당에서 주는 밥을 먹으며 살게 될 것이라고 생각했다.

하지만 이야기가 달라진 것은 어느 날 도로가에 위험하게 놀고 있던 새끼들이 낯선 언니 둘을 마당으로 이끌어오며 시작되었다. 그들은 새끼들을 하나씩 자세히 살펴보는가 싶더니, 사진을 찍고 간식을 잔뜩 주고는 7명을 모두 싣고 사라졌다. "새끼들 가족 찾아주고 다시 돌아올게", 하는 알 수 없는 말과 함께.

길고 지루하고 추운 겨울을 견뎠고 막 날이 따뜻해질 무렵, 그들은 다시 나타났다. 나와 마당에 같이 묶여 지내는 친구들에게 이름을 붙여 부르기 시작했다. 나는 감귤, 그리고 소심한 일용에겐 온주, 그 개가 낳은 세 명에겐 자몽, 조생, 탱자라는 이름을. 가끔 사람들은 나를 백구나 삼용이나, 아무렇게나 부르곤 했다. 사실 이름이야 어떻든 무슨 상관이 있을까. 그 언니들 손에 이끌려 우리는 차례로 병원에 다녀왔다. 낯선 차, 낯선 동네를 거쳐 병원 주변을 조금 걸어보기도 했다. 곧 수술을 마치고는 무척 아팠지만 모든 낯선 것이 황홀했다. 잊은 줄만 알았던, 어릴 적 아이들 품에 안겨 동네를 모험할 때 보고 맡았던 풍경과 냄새가 선명히 떠올랐다. 신선한 풀 냄새, 푹신한 흙의 촉감, 길 위에 어지럽게 흩어져 있는 낯선 사람들의 체취, 먼 바다에서 불어오는 아득한 내음.

병원에 다녀온 후 나는 다시 마당으로 돌아왔다. 차가운 집으로 웅크리고 들어가 긴 꿈을 꿨다. 푹신한 잔디에 질릴 때까지 뒹굴어보고 싶어. 숨이 찰 때까지 뛰어보고 싶어. 그러다 기진맥진한 채로 숨을 고르며 쉬고 싶어. 아무도 방해하지 않는 곳에서 까무룩 잠을 자보고 싶어. 마당에 묶여 있는 나의 친구들과 꼬리를 흔들며 인사하고 싶어. 몸을 부딪치며 놀고 싶어. 먹어도 배가 아프지 않은 음식을 먹고 싶어. 낯선 개가 함부로 내게 다가오지 않았으면 좋겠어. 사람들이 코를 찌푸리는 악취가 아니라 쓰다듬어 주고 싶은 냄새가 났으면 좋겠어. 그래서 너무 추운 날은 내게도 누군가 온기를 나눠줄 수 있도록. 골칫거리가 아니고 나도 누군가에게 의미이고 싶어.

며칠 전 탱자가 죽었다. 날이 따뜻해져 그래도 마당에서 시간을 보내기 좋아졌는데, 기운이 없다 싶더니 비가 오던 날 밤 그대로 고꾸라져 깨어나지 못했다. 다음날 언니들이 비에 젖어 차갑게 식은 탱자를 발견했다. 한동안 빗속에 서서 말이 없던 언니들은, 태어나 마당이 전부였던 아이를 죽어서까지 이 마당에 묻을 수는 없다며 탱자를 데리고 나갔다. 어제는 시름시름하던

귤 셋

조생이 혈변을 싸더니 주저앉았다. 다행히 금방 도착한 언니들이 그 길로 조생을 데리고 나갔다. 나에게도 밥을 왜 먹지 않는지 한참 걱정을 하더니 병원에 억지로 끌고 갔다. 나도 탱자나 조생과 똑같은 병에 걸린 것 같고, 미안하지만 조금 더 이 마당에서 버텨 달라고 했다. 언니들 손에 이끌려 병원을 오가며 숨 가쁘게 맡은 마당 밖 세상은 짜릿했다. 세상은 봄 내음으로 가득했다. 이 마당에도 매번 어딘가에 봄꽃이 피곤 했다. 아마 곧 볼 수 있을 것이다.

결국 나도 탱자처럼 죽어서 이 마당을 벗어나게 될까?

아니야. 그렇지 않을 거야. 나는 죽지 않을 거야. 어떻게든 살아낼 거야. 밥을 먹으며 살아가야지. 기쁨의 꼬리 춤을 멈추지 않을 거야. 그래서 이 마당을 벗어날 거야. 끝도 없이 이어진 꽃나무 사이를 질릴 때까지 걸어볼 거야. 숨이 차도 뒤돌아보지 않을 거야.

굴 더하기 굴은? 꿀!

매니저가 생겼어요!

    제주만다린즈에 이어 노지감귤즈까지 공개하고 나니, 무한 증식하는 귤 세계관 덕분에 다들 무척 혼란스러워 했다. 제주만다린즈 멤버들은 전체적으로 모색이나 생김새가 비슷한 편이었던 데다가, 그중에는 제주탠져린즈의 멤버들과 닮은 멤버들도 있었던 것이다. 귤청자들에게 설명이 필요할 것 같아서, 제주탠져린즈의 모견인 감귤이와 만다린즈 모견인 자몽이가 혈연관계가 아니며, 자몽이는 온주의 딸이라는 사실을 설명했지만 한층 더 혼란이 가중될 뿐이었다.

    우리는 처음 마당에서 제주탠져린즈를 발견했을 때 옆 자리에 묶여있던 자몽이가 제주탠져린즈의 모견이라 의심했지만, 모든 단서가 감귤이를 가리키고 있어서 곧 의심을 거뒀다. 여러 유기견 입양 홍보 글을 찾아보니, 백구가 낳은 강아지들 중에 제주탠져린즈처럼 다양한 모색으로 태어난 경우가 꽤 흔하다고 했다. 언젠가 주인 할아버지가 감귤의 모견이 호랑이 털색를 가졌다는 이야기를 전해주기도 했다.

하지만 제주만다린즈가 나타나자 다시 혈연관계설이 고개를 들었다. 우리도 혹시 자몽이 감귤의 자식인 건 아닌지 주민들에게 사실 관계를 몇 번이나 확인했지만 그들의 입장은 확고했다. 그래서 우리는 내부적으로 마당을 비정기적으로 방문하는 중성화되지 않은 떠돌이 개가 있을 것이라는 결론을 내렸다. 연습생들의 혈연관계에 대한 의혹을 불식시키고, 헷갈리는 귤멍멍이를 한 눈에 파악할 수 있게 가계도를 만들기도 했다.

많아진 멤버들이 헷갈리는 것도 문제였지만, 더 큰 문제는 제주제주만다린즈와 노지감귤즈 멤버들의 임시 보호처를 구하는 일이었다. 많은 멤버의 임시 보호처가 필요했고, 각기 다른 곳으로 이동해서도 제주탠져린즈처럼 그룹이라는 이미지를 가질 수 있을지가 걱정이었다. 아이돌 정체성 유지를 위해 임시 보호자가 아니라 매니저라고 표현해 보는 건 어떨까 하는 아이디어가 떠올랐다. 임시 보호자를 모집하는 게 아니라 매니저 채용 공고라고 올리고, 당시에 인기있던 예능 프로그램 '전지적 참견 시점'의 장면을 패러디를 하면 재미있을 것 같았다. 그 프로그램에 출연하는 매니저들은 흰

색이나 검정색 티셔츠에 '○○○ 매니저'라고 크게 적힌 옷을 입고 출연하곤 하는데 비슷하게 사진을 찍어 합성하는 것이다.

제주만다린즈의 임시 보호처가 하나 둘 구해지기 시작했다. 본격적인 임시 보호처로서의 이동은 유자가 시작이었다. 마침 귤엔터 본사와 멀지 않은 이웃 동네에 사시는 분이 임시 보호를 자원해 주셨던 것이다. 제주탠져린즈 때부터 지켜보다가, 제주만다린즈 유자가 눈에 들어와 임시 보호를 신청하게 되었다고 했다. 어린 강아지가 이갈이로 가구를 파괴하거나 배변 실수를 할 수 있다고 괜찮냐고 물어보자, 이불은 백 번이라도 빨 수 있고 집을 파괴해도 괜찮다, 2개월 동안 강아지 교육 영상도 보고 왔다는 장문의 답장이 왔다. 통화로 임시 보호 계약서에 대한 이야기를 나누고 다음날 바로 임시 보호를 시작하기로 했다.

엔터테인먼트 콘셉트라 임시 보호자님를 매니저로 부르려고 한다는 이야기에도 너무 즐거워하며 맞장구를 쳐주기에 우리는 '전지적 참견 시점' 느낌으로 사진을 찍어도 되겠냐고 동의를 구했다. 그랬더니 그분은 "저희 집에 레터링 기계가 있는데 제가 글자를 인쇄해서 붙여볼까요?"라는 것이 아닌가. 어떻게 또 하필 그런 게 집에 있는지. 다음 날 유자를 데리고 처음 만난 임시 보호자는 '유자 매니저'라고 앞 면 가득 적힌 티셔츠를 입고 우리를 맞이했다. 우리의 격한 환호를 보더니 다른 멤버들도 혹시 필요하면 말하라고 해주었고, 그 뒤로 우리는 제주만다린즈 멤버들의 임시 보호처가 생길 때마다 유자 매니저 댁에 들러 레터링 시트지를 받아오게 되었다.

라임은 유자보다 앞서 제주 내의 입양 전제 임시 보호처로 이동했다. 유자 이동 직후 레몬도 대구의 임시 보호처로 이동했고, 며칠 후 스위티와 포멜론의 임시 보호처도 정해졌다. 스위티와 포멜론은 함께 비행기를 타고 서울로 이동했다. 역시나 매니저 시트지도 챙긴 채였다. 제주탠져린즈 때부터의 여러 인연이 쌓여 막막했던 만다린즈의 거취가 어느 정도 정리되고 있었다.

멤버들이 귤 창고를 하나 둘 떠날 때마다 귤밭 매니저들이 한 명 한 명 씩겨 멤버들을 내보내 주었다. 아직 매니저를 구하지 못한 멤버는 베르가모트와 오렌지였다. 귤밭 매니저들의 집에는 이미 여러 명의 구조견이 살고 있던지라 멤버가 많을 때는 힘이 들었지만 둘 정도는 당분간 괜찮다며 실내에서 임시 보호를 해주기도 했다. 다행히 곧 베르가모트의 매니저도 구해졌다.

파보 바이러스로 입원했던 조생과 자몽도 무사히 회복하여 퇴원을 앞두고 있었다. 두 멤버가 병원을 나와 갈 곳이 없어 전전긍긍하던 차에, 귤밭 매니저들에게 혹시 자몽이 임시 보호처를 구할 때까지만 빈 창고에 있어도 되겠냐고 조심스레 양해를 구했다. 흔쾌히 그러라고 해준 덕에 시간을 벌 수 있었다. 조생도 제주 내의 유기견 보호 단체의 구조자 집에서 당분간 머물 수 있게 되었다.

중성화 수술 과정에서 도움을 받았던 단체에서는 '천혜향 공동구매'를 진행하여 수익금을 노지감귤즈의 파보 바이러스와 심장사상충 치료에 사용할 수 있도록 도와주겠다고 제안해 주었다. 귤밭 매니저들도 '유기견 후원 한라봉'을 판매하여 수익금을 후원해주기도 하였다. 많은 분들이 천혜향과 한라봉을 구매하고 소식을 공유하며 도움을 보내주었다. 어떤 분들이 노지감귤즈 치료비에 보태 써달라고 한라봉 판매 계좌로 현금을 송금해 귤밭 매니저에게 전달해주는 일도 있었다. 정말 많은 도움이 쏟아졌다.

그즈음 '기도하는 마음으로 실외 임보처를 구한다'는 글을 보았다고, 제주의 어떤 분으로부터 메시지를 받았다. 나이 든 고양이가 있어 실내 임보는 어렵지만 마당이라도 괜찮다면 노지감귤즈 멤버 중 두 명을 임시 보호 할 수 있다는 것이다. 파보 바이러스 치료를 마치고 일정을 정해 보기로 했는데, 며칠 후 다시 연락이 와서 마당에 견사를 설치할 생각이라는 것 아닌가. 임시 보호를 위해 견사 설치까지 생각한다는 것이 감사할 따름이었다. 그리고 노지감귤즈 네 멤버 중에 누가 괜찮을지 며칠 의견을 나누던 중에, 또 메시지를 받았다. 마당에 있는 두 명을 데려오는 게 나을지, 집으로 한 명만 데려오는 게 나을지 고민 중이라는 것이었다. 마당에 두게 되면 심장사상충 치료도 해야 하는데 아무래도 눈에 밟힐 것 같다는 것이었다. 우리는 고심 끝에 한 멤버라도 안정적이고 안전한 환경에 있을 수 있다면 감사하겠다고 답장을 했다. 어떻게든 홍보를 더 열심히 해보자는 결심과 함께였다.

마침 임시 거처에 있던 조생이 조심스러운 성격 덕에 고양이와도 잘 지낸다는 사실을 알게 되었다. 그렇게 조생이 노지감귤즈 멤버 중 처음으로 실내 임시 보호처 겸 매니저를 구하게 되었다. 많은 사람들의 도움이 쌓인 결과이기도 하고, 죽음의 문턱에서 버텨낸 조생이 스스로 만들어낸 결과이기도 했다.

임시 보호 매니저들과는 기존의 유기견 보호 단체들의 양식을 참고하여 임시 보호 계약서를 작성하였고, 강아지를 돌보는 방법에 대해 최대한 상세한 정보를 정리하여 전달했다. 주식과 간식의 급여 방법부터 배변 교육이나 산책과 사회화의 중요성 등을 정리한 임시 보호 가이드였다. 더불어 그동안 우리가 제주탠져린즈의 입양 홍보를 하며 깨달았던 팁을 정리하여 입양 홍보 가이드도 전달하였다. 어린 강아지를 처음 돌보는 분들도 있었기에 수시로 다양한 질문과 답변을 주고받을 수 있게 임시 보호 매니저들의 카카오톡방도 만들었다. 때로 각자 돌보는 멤버들의 몸무게나 건강 상

조생은 조심스러운 성격 덕분에
고양이와도 잘 지냈다.

조생 매니저 사진 제공

태를 공유하는 채팅방을 보고 있으면 진짜 엔터업계 종사자들의 업무 채팅처럼 보여 재미있기도 했다.

전국 각지로 흩어진 귤멍멍이들의 매니저들은 낯선 세계관을 자연스럽게 받아들이며 자신이 맡게 된 연습생들의 데뷔를 위해 업무에 열성적으로 임했다. 근무 시간은 하루 종일이고, 연습생에게 숙소와 식사도 내놓아야 하며, 업무 보상은 오직 뿌듯함과 연습생의 귀여움 뿐인 극한 업무 환경이었음에도 말이다.

제주탠져린즈, 전원 데뷔!

각종 매체에 제주탠져린즈 이야기가 자주 실리며 사람들은 멤버들의 입양 문의가 폭주할 것이라고 생각했던 것 같다. 하지만 5개월 동안 레드향의 입양 문의는 한 건도 없었다. 레드향은 제주탠져린즈 멤버 중 유독 무릎에 올라오길 좋아하고 몸을 치대는 멤버였다. 자려고 누우면 베개 옆이나 다리 사이에 들어와 같이 잘 준비를 하는 레드향을 보면서 이 다정한 강아지와 가족이 되고 싶은 사람이 없다니 믿기지 않았다. 우리의 홍보 방법이 잘못된 것 아닌지 의심이 들었다. 팬미팅에서 실제로 레드향을 만나본 귤청자 분들 중에는 종종 사진에 레드향의 미모가 다 담기지 않는다며 귤엔터가 더 분발해달라고 요청하는 분들도 있었다. 그 조언을 떠올리며 먼저 데뷔한 금귤이의 보호자가 보내준 케이프와 함께 회심의 사진

사람을 좋아하는 다정한 레드향은
사진에 미모가 다 담기지 않는 멤버였다.

을 찍거나 시간을 내어 멋진 곳에 가서 화보를 찍곤 했다.

그리고 포인핸드에도 새로운 사진으로 입양 홍보글을 다시 작성해 매일매일 끌어올렸다. 그리고 바로 그 포인핸드에서 우연히 세 번이나 레드향의 게시글을 본 사람이 레드향의 입양 신청서를 제출한 것이다.

레드향에게 푹 빠져 우리의 인스타그램과 유튜브 영상까지 다 보고 왔다는 사람의 열정적인 신청서를 보니 반가우면서도 걱정이 앞섰다. 레드향은 겁이 많고 조심성이 많았던 멤버라 천천히 용기 내는 걸 독려해 주고 기다려 줄 수 있는 사람이어야 할 텐데. 입양 신청자에게 레드향에 대한 우리의 우려를 말하자, 자신은 입양 신청서를 제출한 뒤로 마음이 확고해져 설령 어디가 아픈 아이라고 하더라도 책임지고 반려할 생각이라는 포부를 밝혀왔다.

며칠 후 레드향의 입양 신청자는 휴가를 내고 레드향과 만나보기 위해 제주로 왔다. 이틀 간 관광은커녕 정말 하루 종일 레드향과 산책하고 이야기를 하며 시간을 보냈고 그렇게 전속 계약을 체결했다. 갑작스레 서울의 낯선 곳에서 지내게 될 레드향의 적응을 돕기 위해 구대표가 함께 비행기를 타고 서울의 집까지 동행하기로 했다.

마침 레드향의 데뷔 동네에 귤멍멍이들을 오랫동안 응원해 주는 가게가 있어 데뷔 소식을 알릴 겸 같이 방문했다. 가게 사장님은 방문 소식을 듣고 레드향의 데뷔를 축하하는 포스터까지 그려 붙여 두었다. 그 앞에서 레드향과 사진을 찍는데 뭉클한 마음이 들었고, 사장님은 드디어 자신의 동네에도 귤멍멍이가 데뷔를 했다며 경사라고 좋아하셨다. 그렇게 레드향과 동네 산책을 하고 집에서 편안히 쉬는 것을 보고 제주로 돌아왔다.

그리고 며칠 후 우리는 금배와 영귤이를 데리고 다 같이 부산행 비행기를 탔다. 레드향의 입양 신청자가 제주에 와있던 중 영귤의 입양 신청이 들어왔던 것이다. 입양을 진행하기로 하고 영귤의 이동을 어떻게 할지 고민하다가, 우리가 영귤을 데리고 부산으로 가기로 결정했다. 아예 부산에 며칠 머물며 영귤의 적응을 도울 생각으로 입양 신청자의 집 근처에 숙소를 잡았다. 어렸을 때부터 임시 보호처를 옮겨 다닌 일들도 있고 새로운 집에 적응하기도 전에 파양이 되기도 했던지라, 영귤이 새로운 환경으로 이동하여 스트레스를 받지 않고 잘 적응할 수 있도록 최선을 다하고 싶었다.

부산은 마침 제주탠져린즈 첫 데뷔 멤버인 금귤이 살고 있는 곳이기도 했다. 부산에 도착해서 우리는 오랜만에 금귤과 만났다. 멀지 않은 곳에 남매가 사니 좋은 친구로 함께 지낼 수 있도록 밖에서 편하게 재회하게 해주고 싶었던 것이다. 금배의 반의 반도 안 되었던 금귤과 영귤이 금배보다 커진 채로 만나 함께 광안리 앞바다를

서울 수유동 '모모술방'의 포스터 앞에서
포즈를 취한 구대표와 레드향.

걷는 모습을 보니 뿌듯함과 미안함이 섞인 여러가지 마음이 들었다. 이후 입양 신청자에게 영귤을 소개해 주고, 사흘 동안 개의 몸짓 언어나 이름을 부르는 법 등의 교감하는 방법, 리드줄을 잡는 방법이나 집안 환경 조성 방법 등을 알려주었다. 밥 먹는 시간도 아껴 짧은 시간 안에 최대한 많은 것을 전달하기 위해 노력했는데, 사람이 빠르게 적응해야 영귤이 잘 적응할 것이기 때문이었다.

시간이 훌쩍 흘러 마지막 날 영귤이 새로운 집에서 잘 쉬는 것을 확인하고 금배와 제주행 비행기를 탔다. 단출한 산책을 하며 실로 오랜만에 임원진만의 시간을 아주 잠시 만끽했다. 그리고 제주에 도착한 길로 곧바로 제주만다린즈 멤버 라임을 데리러 갔다. 며칠 전 임시 보호가 종료된 라임을 지인에게 며칠만 돌보아 달라고 부탁하고 왔던 터였다.

며칠 후 영귤의 데뷔 확정 발표와 제주탠져린즈 전원 데뷔 소식을 소식을 알리는 게시글을 SNS에 올렸다. 전원 데뷔 소식은 가요 프로그램에서 아이돌이 하곤 하는 '엔딩 요정'을 패러디한 영상을 간단히 만들어 올렸다. 11월 중순 제주탠져린즈 멤버들을 길거리 캐스팅한 뒤로부터 5개월이 지나있었다. 어찌 보면 짧은 시간이기도 했지만 정말이지 아주 많은 일들이 있었다. 제주탠져린즈 전원 데뷔까지 그렇게 오랜 시간이 걸릴 줄은 몰랐다. 많은 분들이 축하와 고생했다는 메시지를 남겨주었다.

그동안 입양 문의를 했던 사람 중 한 분이 우리에게 이런 말을 한 적이 있다.

"너무 사랑스러운 눈으로 아이들을 바라보고
그게 사진에서 느껴지니까 보는 저도 당연히 그렇게 보게 되는 거죠."

우리의 시선이 보는 사람에게도 느껴진다는 이야기를 듣고 깜짝 놀랐던 기억이 있다. 그동안 제주탠져린즈의 입양 신청을 했던 사람들 중에 다양한 사람들이 있었다. 너무 인형처럼 귀여워서 데려가고 싶다는 사람, 자신의 어린 자녀들과 놀아줄 수 있는 혈기왕성한 강아지가 필요하다는 사람, 불쌍해 보이니 자신이 거두어 주겠다는 사람도 있었다. 이런 사람들의 입양 신청은 대부분 거절하곤 했는데, 개중에는 아주 강하게 실망감과 불쾌감을 표현하는 경우도 있었다. 자신의 선의가 무시당했다고 화를 내거나 무슨 자격으로 사람을 시험하느냐고 따지는 것이었다. 물론 우리의 모든 선택과 판단이 완벽하지는 않았을 것이지만, 우리는 나름 명확한 기준을 가지고 있었다. 개를 어떻게 대하는지, 다시 말해 개를 동등한 생명으로 존중하는지 중점적으로 확인하고 싶었던 것이다.

우리가 멤버들의 불행한 모습을 강조하여 입양 홍보하는 방식을 택하지 않았던 이유는, 이들을 구원과 연민이 필요한 불쌍한 존재로만 다루고 싶지 않았기 때문이다. 멤버들은 불쌍하기만 한 존재가 아닐뿐더러 살아 움직이는 생명체이기 때문에 이들의 다양한 면모를 표현하고 싶었다. 실제로 우리는 제주탠져린즈를 비롯한 귤멍멍이들을 불쌍한 존재라고 생각하지 않았다. 그저 그들을 불운하게 했던 환경이 있었을 뿐이었고, 우리는 시골 잡종들이 불쌍하다고 말하기보다는 이들을 불행하게 만드는 환경을 지적하고 싶었다.

사실 누군가를 불쌍해서 구원해 주겠다는 생각의 기저에는 우월 의식이 있다고 생각한다. 이러한 의식 위에는 내가 베풀어 주는 것을 상대가 감사히 받아야 한다는 생각, 내가 주고 싶은 것만 주겠다는 생각이 자리 잡을 가능성이 높다. 우리는 멤버들과 함께 살아갈 가족이 인간이 주고 싶은 것이 아니라 강아지 입장에서 필요한 것을 생각하고, 삶 안에서 멤버들과 어떻게 잘 살아갈 수 있을지에 대한 실질적인 고민과 노력을 더 많이 하는 사람이길 바랐다.

제주탠져린즈의 전원 데뷔 소식을 올리며, 우리는 이들이 15년, 20년간 도시를 누비며 사는 동안 시골 잡종개들을 둘러싼 다양한 변화를 보게 되었으면 좋겠다는 희망을 담아 소회를 밝혔다. 어떤 개, 어떤 동물도 그 자체로 충분히 존중 받으며 살아갈 수 있는 방향으로의 변화를 함께 만들 수 있기를 바란다고 말이다.

제주만다린즈와 노지감귤즈도 데뷔할 차례!

3

어느 날 SNS 메시지 알람이 떠서 확인해 보니, 패션매거진 '하퍼스바자코리아'에서 귤엔터 촬영과 인터뷰 요청이 와 있었다. 패션 잡지에서 우리 애들을 왜? 당황스러움이 가시지 않았지만 많은 사람들이 보면 볼수록 입양 확률이 높아지니까 망설이지 않고 수락했다. 다만 귤이사는 인간을 촬영한다는 이야기를 듣고 '귀여운 강아지가 이렇게 많은데 누가 인간을 보고 싶어 하겠냐'며 가벼운 의문을 던졌지만 말이다.

제주탠져린즈 데뷔 후 제주만다린즈 라임이 귤엔터 본사로 복귀했고, 임시 보호처를 구하지 못해 귤밭 매니저들이 돌봐주던 오렌지도 합류해 있는 참이었다. 며칠 후 '하퍼스바자코리아'의 에디터와 포토그래퍼가 직접 제주로 찾아왔다. 에디터는 오렌지의 팬이라며 오렌지의 주름진 얼굴을 한참 어루만졌다. 서울에서 온 스위티, 포멜론을 포함한 제주만다린즈 네 멤버의 촬영과 간단한 인터뷰가 진행되었고, 정말로 다음 호 매거진에 실렸다. 패션모델들로 가득한 잡지 사이 위풍당당한 모습으로 페이지를 차지한 멤버들을 보며 정말 아이돌다운 경력이 생긴 것 같아 흐뭇한 미소가 절로 나왔다.

그 당시에 주인 할아버지는 여전히 연락이 닿지 않았지만 우리는 꾸준히 일방적인 메시지를 보내고 있었다. 헤어진 연인이 새벽에 보내는 메시지, '자니?'의 정신으로 묻지 않은 안부를 소상히 전했다. 멤버들이 입원하여 건강을 회복한 사진이나 퇴원하고 임시로 있을 곳을 구했다는 등의 내용이었다. 그렇게 한 달 반쯤 되었을 때 할아버지에게서 전화가 걸려왔다. 무척 놀랐지만 "아이고. 사장님, 바쁘셨죠?"라고 너스레를 떨며 이야기를 나눴다. 통화의 내용은, 자신에게 곧 들어올 돈이 있으니 받는 대로 송금해주겠다는 것이었다. 말했던 한 달 밥값까진 어렵지만 얼마라도 보낼 테니 마당에 남은 개들도 데려가 달라는 것이었다.

마침 노지감귤즈의 멤버들의 입양과 임시 보호처 이동 때문에 정리를 확실히 해두어야 했던지라 무척 반가운 전화였다. 주인 할아버지는 약속대로 며칠 뒤 송금을 해왔고, 우리는 마지막으로 다시 한 번 멤버들에 대한 소유권 정리를 확인했다. 덧붙여 다시는 이 마당에서 다른 동물을 키우지 않았으면 좋겠다고 하자, 할아버지는 그렇지 않아도 개 키우는 것이 이렇게 힘들고 귀찮은 일인 줄 몰랐다며 다시는 키우지 않겠다고 했다.

"사장님, 그러면 다시는 개 안 키우는 거예요. 저랑 손가락 걸고 약속해요."

그동안 울화가 터질 때가 많았지만 결국 화내지 않길 잘 했다는 생각이 들었다. 할아버지가 송금했던 비용은 초기 황금향의 다리 수술에도 미치지 못하는 크지 않은 금액이었지만, 추후에 제주만다린즈 멤버들의 중성화 수술과 접종 비용으로 나름 요긴하게 사용할 수 있었다.

운명처럼 할아버지 전화를 받은 날 감귤의 실내 임시 보호 신청자가 나타났다. 통화 결과 당장 내일부터도 가능하다는 신청자는 어떤 걱정이나 주저함도 없었다. 담백한 반응에 오히려 우리가 당황하여 아직 집에서 살아본 적 없는 개라 집 안에서 어떻게 행동할지 모르는데 괜찮냐고 재차 물어볼 정도였다. 다음 날 감귤을 이동시키며 이야기를 나누어 보니 감귤 매니저는 시골에서 어렸을 때부터 개를 많이 보아와서, 감귤이만한 개에 대한 거부감이나 무서움은 원래 없었다고 했다. 원래는 어린 강아지를 임시 보호 하려고 했지만, 출근하고 어린 강아지가 긴 시간 혼자 있을 것이 우려되어 다시 찾아보다가 눈에 띈 것이 감귤이었다는 것이다. 심장사상충 치료를 해야 한다면 조용한 자신의 집에서 편하게 요양할 수는 있을 것 같다고 생각했다고 했다. 여유가 느껴지는 매니저의 말을 들으며 우리는 마음을 푹 놓을 수 있었다. 아마 감귤도 그랬는지 생애 첫 실내 집, 처음 만난 매니저의 무릎에 기대어 오래도록 쓰다듬을 받았다.

온주의 실내 임시 보호처는 구하지 못해, 귤밭 매니저들이 온주를 자몽이와 함께 창고에서 당분간 지낼 수 있도록 배려를 해주었다. 온주를 끝으로 노지감귤즈가 모두 마당을 떠나면서 우리는 비로소 가장 큰 걱정을 내려놓을 수 있었다. 마당에 들어설 때 혹시나 멤버들 중 하나가 죽어있으면 어떡하지 했던 순간들이 기억났다. 이제 그러지 않아도 된다. 우리는 가능한 시간이 될 때 노지감귤즈 멤버들의 거처에 들러 산책을 해주거나 입양 홍보용 사진을 찍기도 했다.

접종도 차례로 했고, 수의사와 상의하여 심장사상충 치료 일정도 잡았다. 심장사상충 치료는 이틀 연속 주사를 맞아야 한다. 주사를 맞기 전후로는 몸이 버틸 수 있도록 약을 2주에서 한 달가량 복용해야 하는데, 주사를 맞고 나서는 특히 심장에 무리가 되지 않도록 절대 안정을 취해야 했다. 드디어 모두가 안전한 환경에 있게 되

임시 보호를 떠나기 전,
구대표와 인사하는 감귤

었으므로 안심하고 심장사상충 치료를 할 수 있게 된 것이다.

마당에 있던 노지감귤즈 멤버들의 구조를 앞두고 우리는 여러 가지 걱정을 했다. 마당에 묶여 있을 때 멤버들은 마당 앞으로 개가 지나가는 것이 보이면 마구 짖곤 했었다. 흔히 우리가 볼 수 있는 시골 마당개들과 다름없는 모습이었다. 그래서 우리는 혹시 모를 응급 상황에 대비하고자 나름 엄중한 과정을 거쳤다. 멤버들과 천천히 친해지며 몸을 만졌을 때 싫어하는 곳이 없는지 꼼꼼히 만져 보고 안아올려 보기도 했다. 맛있는 간식을 챙겨와 마당에서 줄을 짧게 잡고 걷다가 멈추거나 방향을 전환해 보는 연습도 해 보았다. 익숙한 마당에서 사람 속도와 방향에 잘 맞춰 걷고 멈추는 것 등을 확인한 뒤에 반경을 넓혀 동네 산책을 시도해 보았다.

처음 산책하던 날에는 혹시 개라도 마주치면 흥분해서 줄을 놓치는 일이 생기기라도 할까봐 우리는 잔뜩 긴장한 채였다. 먼저 목줄과 하네스를 강철 고리로 연결하고 두 사람이 이중 줄을 하나씩 단단히 붙잡고는, 비장한 각오로 마당을 나섰다. 하지만 멤버들은 모두 사람 속도에 맞춰 걸었고, 다른 산책하는 개를 마주쳐도 별 관심을 보이지 않고 여유롭게 냄새를 맡으며 산책을 즐겼다. 횡단보도를 기다릴 때면 옆에 가만히 앉기도 했다. 마당개 3년이면 풍월을 읊는다던데, 어깨 너머로 산책을 남몰래 반려견 연습이라도 했던 것인지 평화로운 산책이었다.

느긋하게 함께 산책하는 구대표와 자몽

그 무렵 우리 동네 산책로에 있는 마당개의 목줄이 끊어졌던 일이 있었다. 저러다가 줄이 끊어지는 거 아니냐는 걱정이 될 정도로 위협적으로 짖곤 하던 개였는데 말이 씨가 된 것인지 정말로 눈앞에서 줄이 끊어졌다. 몸을 던질 듯이 무섭게 짖던 개는 줄이 끊어지자마자 우릴 지나쳐 잔디밭으로 달려가더니 냄새를 맡고 마킹을 하며 돌아다녔다. 마치 '쇼생크 탈출'의 주인공처럼 배를 벌러덩 까고 누워 하늘을 보며 격정적인 잔디 샤워를 즐겼다. 뒤늦게 줄이 끊어진 것을 눈치채고 달려 나온 주인 할머니에게 잡혀간 그 개는, 다시 묶인 채로 위협적으로 짖어댔지만 어쩐지 전처럼 두렵지 않았다. 그 개는 그저 마음껏 뛰어놀고 싶었던 것이다. 사계절을 묶여 있던 존재의 욕망이 이다지도 소박하다니.

감귤도 마당에서 산책하려고 매어 있던 줄을 풀면 그저 우리에게 가만히 다가와 엎드려 쓰다듬어질 준비를 했다. 온주도 마당 곳곳을 돌아다니며 냄새를 맡기 바빴다. 우리는 짧은 줄에 묶여 있는 상태가 개들을 공격적이고 사납게 만든다는 것을 깨달았다. 그 개들은 그저 자신의 공간으로 성큼성큼 침범해 들어오는 사람과 동물로부터 제 자리에 묶인 채로 자신을 보호하는 유일한 방법을 택했을 뿐이다. 노지감귤즈 멤버들이 실내 생활에 잘 적응할 수 있을지 걱정했었던 것이 무색하리만큼 들려오는 소식은 놀라웠다.

그중 하나는 조생과 자몽이 비 맞는 것을 좋아하지 않는다는 소식이었다. 귤밭 매니저들이 오면 온몸을 던지듯이 뛰어와 반기던 자몽이 비 오는 날에는 창고 처마 끝에 멈추어 서서 멀뚱멀뚱 쳐다보기만 한다는 것이다. 태어나서 처음 산책이라는 것을 해본 조생도 하루 종일 산책 시간을 제일 기다리면서도 비가 오는 날은 나가길 꺼려한다고 했다. 짧은 줄에 묶여 장마도, 눈보라도 견뎠던 멤버들이 사실 부슬비조차 피하고 싶었던 것이다.

　마당에서 지내던 시절에는 비가 올 때에도 우리가 방문하면 플라스틱 집에서 나와 반기던 모습만 봐서 미처 몰랐다. 생각해보니 마당에 짧은 줄에 묶여 내리는 비를 속절없이 맞아야 했던 개들이 비를 좋아할리가 없었다. 조생 매니저는 '내내 묶여 지낸 아이의 산책이 왜 이렇게 평화로운지 모르겠다'며 의아해 했다. 집안에서도 너무나 고요해서 마치 가구처럼 느껴진다며.

　얼마 되지 않아 조생의 입양 신청이 들어왔다. 조생이 고양이가 있는 임시 보호처에서 평화롭게 생활하는 것을 눈여겨보던 사람이었다. 그리고 제주 팬미팅에 방문해 강아지를 입양할 경우 고양이들과의 합사에 대한 고민을 한참 이야기 나누었던 사람이라 기억에도 남아 있었다. 그 연이 이렇게 이어질 줄이야. 신청자는 그 뒤로 조생을 보고 자신들이 찾던 완벽한 강아지라고 생각했다고, 그

마당보다 집에 있는 것이 훨씬 자연스러워 보였던 조생

럼에도 합사는 조생이 편안할 수 있도록 서두르지 않고 필요하다
면 1년까지 천천히 진행할 계획을 세우고 있다고 했다. 물론 계획
을 잘 세워도 모든 것이 달라질 수 있다는 점도 잘 알고 있다고 했
다. 그리고 조생이의 심장사상충 치료비는 자신들이 부담할 테니

다른 멤버에게 유용하게 써달라고 덧붙였다.

　며칠 후 우리와 조생 매니저는 조생의 새로운 가족과 함께 새 집이 될 공간에 둘러앉았다. 거실 소파 위에 앉아 오후 햇살을 받아 반짝이는 조생의 까만 털이 무척 아름다웠다. 그 모습을 보니 마당에서 다 뜯어진 의자 위에 지저분한 몰골로 있던 조생의 모습이 떠올랐다. 같은 아이가 맞을까 싶을 정도로 조생은 제 자리인양 편안히 앉아있었고 마당보다 집에 있는 것이 훨씬 자연스러워 보였다.

　조생에 이어 제주만다린즈의 라임도 데뷔 수순을 밟았다. 라임의 입양신청자는 입양신청서 양식에 첨부 파일 기능이 없어서 따로 보낸다며 첨부파일을 메시지로 보내온 사람이었다.

　첨부 파일에는 라임이 만약 자신의 가족이 된다면 함께 걸을 산책로 정보와 주변 병원에 대한 상세한 정보 등이 A4 두 장에 걸쳐 적혀있었다. 서문에는 귤엔터를 어떻게 알게 되었는지, 얼마나 오랫동안 고심하다가 결정한 일인지 원대한 포부가 담겨 있는 열정적인 PPT였다.

　항상 이글이글한 눈으로 뭐든 해보겠다고 눈을 맞춰오던 라임과 딱 맞는 사람이 나타났다고 우리는 웃으며 이야기했다. 라임의 입양은 일사천리로 진행되었다. 비행기를 타고 라임을 데려다 주고는, 산책 방법과 교육 방법을 안내했다. 라임의 집이 될 동네를

함께 걸으며, 열정이 넘치는 사람과 강아지가 서로 마주보며 걸어
가는 모습에 절로 미소가 나왔다. 그렇게 노지감귤즈와 제주만다
린즈의 데뷔가 시작된 것이다.

귤넷

임 시 보 호 , 이 것 만 따 라 하 세 요 !

다음은 귤엔터에서 처음 개와 지내보는 임시 보호자들에게 공유했던 가이드의 주요 내용을 간략하게 요약한 것입니다. 구조한 개의 특성과 성향, 임시 보호처의 환경에 따라 신경써야 할 부분이 다르니 참고용으로만 보아주세요. 귤엔터는 임시 보호자를 매니저라고 불렀습니다. 편의상 매니저라고 표기할게요. 이 가이드는 인간에게 경계가 심하지 않고 산책이 가능한 개들을 기준으로 작성했습니다.

임시 보호 매니저의 3대 업무
안전 및 건강 관리, 입양 홍보, 사회화 및 교육

....

- 모든 것에 앞서 가장 중요한 것은, 임시 보호 매니저와 개가 편안한 상태로 적응을 완료하는 것입니다. 새로운 환경에 적응하는 것을 우선으로 차근차근 업무를 시작해 주세요.

- 구조된 개가 집에서 편안한 생활을 해 보는 것과 임시 보호자와 긍정적인 경험을 해 보는 것은, 개에게도 입양을 고민 중인 사람에게도 정말 큰 도움이 됩니다. 개의 상태를 확인하고 인간과 살기 위한 기초적인 트레이닝을 해 주는 것이 임시 보호자의 가장 중요한 역할입니다!

- 기본적으로 개가 공간을 같이 쓰는 룸메이트라고 생각해 주면 편해요. 지나치게 만지거나 쳐다보거나 이름을 부르면 개의 휴식과 온전한 관

계 형성을 방해할 수 있습니다. 교육의 효과도 떨어지고요! 귀여운 어린 개라고 해도 쓰다듬거나 안고 있기보다는 집안에서 편안하게 생활할 수 있도록 도와주세요.

- 지면 관계상 상세한 교육법이나 내용은 다 담지 못했어요. 자세한 내용은 적극 여러 자료를 찾아보기를 권합니다!

1. 안전 및 건강 관리

❶ 안전 관리

▸ **안전문 설치하기**: 중문이 없는 집이라면 현관문이 열린 사이 튀어나 갈 수 있는 상황에 대비하여 안전문 설치를 추천합니다.

▸ **하네스, 목줄 관리**: 외출 시 반드시 하네스 또는 목줄을 착용해야 합니다. 산책이 익숙하지 않은 개와 산책 시에는 반드시 이중 리쉬를 착용하세요. 절대 벗겨지지 않는 하네스와 목줄은 없습니다. 매니저도 산책 리드줄을 다루는 법에 대해 다양한 자료를 보고 공부하길 추천합니다.

▸ **이름표**: 내장칩 삽입과 더불어 비상연락처가 적힌 외부 인식표를 상시 착용해두기를 추천합니다.

▸ **차량 이동 시 켄넬링**: 교통사고 발생 시 개가 가장 안전하게 보호 받을 수 있는 방법인 켄넬링을 추천합니다.

▸ **집안 점검**: 쓰레기통, 음식물 쓰레기 봉지 등을 개가 접근할 수 있는 곳에 두지 않도록 합시다. 위험한 것이 있다면 울타리를 설치하거나, 바닥이나 침대 위를 포함하여 개의 입이 닿는 모든 곳에 물건을 두

지 않기로 해요. 호기심에 깨물거나 먹을 수 있습니다. 생각보다 개는 높이 뛰어오르고 자신의 입이 닿는 곳에 놓인 음식물은 자신의 것이라고 생각할 수 있어요.

▶ 참고: 특히 1살 미만의 어린 개(퍼피)는 호기심이 많고 자라나는 이가 간지러워 아무것이나 물어뜯고 파헤칠 수 있습니다. 구석에 숨겨둔 것들을 요리조리 찾아내 물고 가지고 놀 수 있어요. 이갈이 시기가 끝날 때까지 소파, 식탁, 이어폰, 펜, 나무, 플라스틱, 섬유 등 다양한 것들을 물어뜯을 수 있으니 대체할 만한 다양한 이갈이 용품을 제공해주시면 좋습니다.

❷ 건강 관리

▶ 구조자 및 수의사와 상의하여 예방접종과 치료, 심장사상충을 비롯한 기생충 예방을 스케줄에 맞게 진행해주세요.

▶ 똥 체크는 중요합니다. 똥은 건강의 지표!

❸ 식사와 간식

▶ 식사: 사료 별 급여량을 확인하여 정량 기준으로 급여하되, 밥을 다 먹는 습관을 들이도록 교육을 병행해 주시면 좋습니다.

▶ 간식(트릿) : 간식은 귀여워서, 그냥 눈이 마주쳐서, 왠지 배고파 보여서 주지 마시고 좋은 행동을 강화하는 보상으로 사용하면 좋아요. 산책 할 때 간식을 사용할 경우 가위로 미리 잘게 자른 후 나가면 좋아요.

▶ 팁: 밥이 좋아 멍멍이가 되는 것에 성공했나요? 귤엔터는 주식 사료를 보상용 간식으로 사용하는 방법을 사용하기도 합니다. 틈날 때마

다 트레이닝을 진행할 계획이 있다면 하루치 밥을 미리 덜어 놓고 나누어 준다면 과식할 걱정 없이 보상으로 사용할 수 있습니다.

2. 입양 홍보 : 데뷔를 위해 가장 중요한 부분! 내 연습생 알리기!

▶ 귤엔터는 하루 3건 이상 SNS 업로드를 추천했어요. 자주 노출될 수록 입양 확률이 높아집니다. 입양 조건에 대해서는 명확하게 알려주시고, 사진으로 처음 접하는 강아지에 대한 구체적인 성격을 파악할 수 있도록 상세히 작성해 주시면 좋습니다. 자세한 내용은 '입양홍보, 이것만 따라하세요!'를 참고하세요!

3. 사회화 및 교육

▶ 인간 중심 사회에서 살아가는 개는 이해하기 어려운 수많은 자극에 노출됩니다. 행복한 반려견으로 살아가기 해서는 다양한 자극이 두렵고 불편한 것이 아니라 편안하고 좋은 것으로 받아들일 수 있어야 겠지요. 이를 위해 사회화와 트레이닝은 아주 중요합니다.

▶ 1살 미만의 어린 개라면 모든 자극을 스폰지처럼 받아들이는 시기입니다. 다양한 자극을 안전하게 경험하도록 여러가지 둔감화 및 사회화 트레이닝을 해 주세요.

▶ 만약 성견이고 집 안에서 사람과 사는 삶을 경험해보지 못한 개라면 람과 함께 실내에서 생활하는 것이 안전하고 편안하다고 느낄 수 있도록 도와 주세요.

❶ 긍정 강화 교육과 보상이란

▶ 교육의 기본은 : '유도하고 싶은 행동을 했을 때 → 보상을 주는 것'을 반복함으로써 특정 행동을 강화하는 것입니다. 그러기 위해서 '보상'이 제대로 작동하는 것이 중요해요.

▶ 보상: 보상의 종류로는 음식, 장난감, 칭찬, 스킨십 등이 있습니다. 구체적으로는 사료주기, 간식주기, 쓰다듬기, 환호하기, 장난감 던져주기 등이 있어요. 횟수나 강도(더 맛있는 것, 더 신나는 것!)에 따라 보상의 가치를 높일 수도 있으니 적극적으로 효과적이고 적절한 방법을 찾아보세요! 참, 무언가가 보상이 되려면, 평소에 그것이 제한적으로 주어져야 합니다. 아무렇게나 행동해도 간식을 주는데 굳이 다른 특정 행동을 할 필요는 없으니까요. 예쁘고 귀여운 것은 보상의 이유가 될 수 없다는 점을 기억하세요!

▶ 팁: 매니저가 즐거운 놀이와 맛있는 것을 제공해주는 사람이 된다면 개들은 매니저의 매력에 푹 빠질 거예요. 매니저가 놀이를 중단하는 역할, 먹을 것을 빼앗는 역할을 하게 되면 신뢰 형성의 어려움이 있을 수 있어요. 신뢰는 모든 교육의 기초입니다.

❷ 임시 보호 시 가장 중요한 트레이닝

(1) 부르기(리콜)
'내가 부른다(이름이나 특별한 소리) → 개가 나에게 온다 → 보상하기' 돌발 상황에서도 개를 잃어버리지 않기 위해 가장 중요한 교육입니다. 놀이처럼 신나게 진행해 주세요! 평소에 이름을 자주 부르면 무시하는 습관이 들 수 있으니 교육이나 위급시에만 부르는 걸 습관화하면 좋아요.

(2) 사회화와 각종 둔감화

▶ 집 안(가족들의 움직임, 배달 소리, 창밖 소리, 청소기, 티비 소리 등)은 물론 집 밖 세상의 여러 자극(소리 지르는 사람, 급브레이크 소리, 갑자기 뛰어가는 사람, 팡 하고 펴지는 우산, 비에 젖은 땅, 자갈, 모래, 허리를 숙인 사람, 동상, 손수레, 오토바이 소리 등)에 편안하게 익숙해지게 돕는 것입니다. 많은 것을 보여주며 편안하고 즐겁게 맛있는 것을 먹으며 함께 있으면 됩니다. 특히 개가 충분한 산책이나 놀이를 마친 뒤 자극이 많은 곳에서 편히 쉴 수 있다면 좋아요!

▶ 매니저가 편안한 마음과 자세를 취하는 것도 아주 중요해요.

▶ 개가 어떤 물체나 장소를 두려워한다면 멀리서부터 가까이 다가가며 보상을 통해 단계를 점점 높여 극복하게 해 보세요!

(3) 산책 교육

* **목줄/하네스 교육** : 보통 개는 몸을 불필요하게 만지는 것을 싫어합니다. 보호자가 먼저 개에게 편안한 자세로 목줄, 하네스 채우는 법을 배운 뒤, 개가 그 과정을 좋아하게 되도록 보상을 통한 연습이 필요합니다.

* **첫 산책의 모습** : 길이 아닌 곳으로 걸어서 놀라실 수 있어요. 화단으로 들어가 이상한 것들을 파헤치고 이상한 물건, 배변, 음식물 등을 주워 올 수 있습니다. 일자로 걷지 않을 거예요. 많은 부분이 연습을 통해 배워갈 수 있습니다.

* 다른 개와 편하게 걷는 법과 노는 법을 모두 배우는 것이 좋아요. 평행 산책이나 그림자 산책 등을 시도해 보세요.

* 줄이 팽팽하게 당겨진 상태로 걷게 되면 흥분을 부추기게 될 수 있어요. 줄이 당겨지지 않은 채 산책하는 것을 연습해 보세요!

* **산책 후 발 닦기** : 모든 개는 발 닦는 것을 원하지 않아요. '뽀득뽀득' 씻겨야 한단 생각은 인간의 생각일 뿐 발을 만지는 것을 싫어하게 될 수도 있어요. 더러운 개가 행복한 개다! 더러운 먼지만 닦아낸다는 느낌으로 닦아 주세요.

(4) 배변 교육

* 하루에 여러 번 산책을 나가면 개들은 본성상 자연스럽게 실외 배변을 하게 됩니다. 실내 배변 교육을 하고 싶다면 배변 패드 주위에 헷갈릴만한 푹신한 발매트, 이불, 점퍼, 러그를 한동안 치운 후 배변 패드 교육을 실시해 주세요.

* **팁** : 개들은 푹신한 곳에서 배변하고 싶어하는 특성이 있어요. 패드를 헷갈려 한다면 푹신한 인조잔디나 러그 위에 배변 패드를 깔아 보세요.

(5) 그 밖에 추천하는 것들

* 집에 온 후 가능한 최소 며칠이라도 혼자 있는 시간이 없이 같이 시간을 편안히 보내면 좋아요.

* 개와 떨어지는 순간은 급하게 후다닥 나가는 것보다는 개가 안정을 취하고 있는 상태에서 나가 주세요. 느긋하게 천천히 움직여주세요.

* 돌아온 후에도 반기는 개를 보며 소리를 내어 반겨 흥분시키기 보다는 차분히 움직이면 좋아요. 외출 후 돌아와 손을 씻거나 물그릇을 채우거나 일상적인 행동을 하며 개의 흥분이 가라앉기를 기다려 주

세요.

* 특히 1살 미만 강아지라면 특성상 놀면서 무는 버릇이 있어요. 손을 깨물게 두거나 손으로 놀아주면 깨무는 행동이 강화될 수 있어요. 손이 아니라 꼭 장난감으로 놀아주세요! 손을 깨물면 놀이를 중단하면 됩니다.

* **하우스(켄넬링/크레이트) 교육** : 밥을 좋아하는 개라면 밥을 하우스에서 주시면 됩니다. 간식 등을 활용한 다양한 하우스 교육법이 있으니 참고해 보세요. 하우스(켄넬링)는 장거리 이동 시 필수이므로 어렸을 때부터 익숙하게 해주시면 좋습니다. 특히 해외 입양을 고려 중이라면 많은 도움이 됩니다.

* **뱉어 교육** : 트릿백을 착용하여 산책 시 간식을 가지고 다니세요. 산책에서 이상한 것을 입에 넣는다면 억지로 빼앗는 것보다 간식을 통해 '뱉어'를 연습하면 많은 도움이 됩니다.

* **그만 교육** : 뱉어 교육과 일맥상통하는 교육으로 놀이와 병행해 보세요. "그만" "뱉어"는 '먹이 뺏겼다' '놀이가 끝나 버렸다'가 아니라 '더 맛있는 거 먹는다' '더 신나는 놀이가 이어진다'는 신호가 되어야 해요.

입양 홍보, 이것만 따라하세요!

강아지 17명을 데뷔시킨 귤엔터의 입양 홍보 꿀팁 대 공개!
가족을 찾아주고 싶은 유기동물의 온라인 입양 홍보를 어디서부터 해야할지
고민이 되는 분, 사진은 어떻게 찍어야 하는지, 무슨 말을 적어야 하는지 알
고 싶은 분들을 위해 핵심을 추려 보았습니다.

1. 자주 눈에 띄게 하자!

- 자주 노출되고 주변에서 이야기가 나오면 솔깃하게 되는 것은 당연한
  일! 관심 없던 아이돌도 미디어에 자주 나오고 주변에서 매력이 있다고
  하면 한 번 더 보게 되는 것이 사람 마음입니다.
- 노출이 잘 되는 시간을 노려보세요! 출퇴근 시간, 점심 시간, 밤 늦은 시
  간 등 내 친구들이 핸드폰을 하고 있을 것 같은 바로 그 시간이 게시글
  을 올릴 때입니다.

1. SNS별 다양한 기능과 특징 적극 활용하기!

▶ SNS별 다양한 기능과 노출 알고리즘을 공부하여 적극 활용해 보세요.

▶ 인스타그램 스토리 기능은 팔로워들에게만 노출됩니다. 팔로워가 적다
면, 인스타그램 스토리 3개 보다는 게시글 3개로 사진을 나눠 올리는 것
을 추천합니다.

▶ 보통 유기견 입양을 진지하게 고려하시는 분들은 '#유기견입양' 등 관련

태그의 인기 게시글과 최근 게시글을 수시로 확인합니다. #유기견입양 처럼 내가 사용하는 태그에 내 게시물이 상위로 노출되는지 확인 해 보세요. '좋아요' 가 많은 게시물 만이 아니라 댓글과 친구 태그가 많은, 보는 이의 활동을 유도하는 게시글도 노출이 잘 됩니다.

* 참고하면 좋은 해시태그 :
#유기견 #구조견 #반려견 #댕댕이 #멍스타그램 #가족찾는중 #유기견입양 #강아지입양 #반려견입양 #구조견입양 #유기견입양공고 #입양홍보 #입양 공고 #유기견입양홍보 #포인핸드 #임보 #임시보호 #유기견임보 #임시 보호중 #가족찾아요 #가족찾는중 #사지마세요입양하세요 #사지말고입양하세요 #rescuedog #koreandogrescue #adoptme

▶ 인스타그램 릴스 기능을 사용하면 새로운 사람들에게 내 게시물이 많이 노출됩니다. 다른 강아지 계정에서 유행하는 릴스를 참고하여 재미있는 영상을 만들어 보세요.

▶ 트위터에 글을 올릴 때에는 길게 쓴 글 보다, 멋진 사진 한 장과 가슴을 후비는 감성 글 한 줄 또는 웃긴 글이 좋습니다. 보통 이런 트윗이 많은 공유로 이어집니다.

▶ '가족 찾는 중'이라는 키워드를 꼭 넣으세요. 깜빡해서 빼 놓은 경우에는 단순히 귀여운 강아지 사진으로만 공유될 수 있습니다.

▶ 트위터에 사진을 올릴 때에는 종종 사진이 잘릴 수 있으니 확인하는 것도 잊지 마세요.

2. 포인핸드 게시글을 작성하기

▶ 우리나라에서 유기견 입양을 고려하는 분들은 기본적으로 포인핸드 어

플리케이션을 많이 이용합니다. 포인
핸드에 있는 스토리 게시판에 글을 작
성해 보세요. 한 번 써 두면 매일매일
'끌어 올리기'를 할 수 있습니다. 귤엔
터의 멤버 레드향의 입양자님은 포인
핸드에서 세 번째로 끌어 올리기 된
레드향을 보고 입양을 생각하게 되었
습니다.

▶ 단, 워낙 많은 유기동물이 있으니 눈에
띄는 사진과 제목이 중요합니다. 오른
쪽은 귤엔터가 올렸던 게시물입니다.

3. 기타 커뮤니티 또는 미디어 활용하기

▶ 다음카페, 네이버카페, 블로그 등 다양한 온라인 커뮤니티를 활용하세
요. 읽기 좋게 글을 편집하여 자주 올리면 좋습니다.
▶ 다양한 사람들이 읽는 곳이니 입양 조건을 강조해서 적어 주세요.

2. 중요한 건 예쁜 사진!

- 강아지 온라인 입양 홍보에서도 사진과 동영상을 예쁘게 올리는 것이 중요합니다. 강아지를 임시 보호하고 있는 우리는 강아지를 눈앞에서 매일 만나지만, 보는 이들은 사진 한 장으로 인연을 느끼기 때문이죠.

1. 보정한 사진 올리기

▶ 같은 사진인데도, 연습생의 얼굴이 좀 더 환해 보이죠? 보정을 할 때 밝기만 조정해 줘도 좀 더 매력적인 사진을 만들 수 있습니다.

보정 전

보정 후

2. 카메라 렌즈를 바라보게 하기

▶ 카메라 렌즈 바로 위에 간식을 놓고 흔들면 강아지가 렌즈를 바라볼 가능성이 높아집니다. 단, 렌즈를 응시하는 것은 개에게 편안한 행동은 아니므로 보상은 잊지 말고 자주 제공해 주세요!

3. 실제 강아지 사이즈를 반영한 사진찍기

▶ 보통 강아지를 잘 찍으려고 하다 보면 화면에 가득 찬 정면 전신 사진을
찍기 쉽습니다. 그런데 그러면 실제보다 강아지가 크게 나옵니다. 우리
가 평소에 생각하는 강아지의 크기는 사람 눈높이에서 내려다 보는 크기
입니다. 내려다 보는 시선으로 찍으면 실제 강아지 크기와 가깝게 찍을
수 있습니다. 강아지 주변에 여백을 두면 더 작아 보이고, 여백이 없으면
커 보입니다.

실제 크기　　　　　　　　　실제 보다 커 보임 * 같은 날 사진

▶ 전신 사진을 찍을 때는 옆에 물체(자동차, 조형물, 간판, 손 등)와 나란히 세워 보는 것도 좋습니다. 보는 사람이 강아지 크기를 가늠하는 것을 도와 줍니다.

사물 옆에 세워 보기   손 옆에 세워 보기

▶ 사진을 보는 사람들은 원근법에 쉽게 영향을 받습니다. 강아지가 큰 물체보다 앞에 있으면 오히려 커 보입니다.

조막만 해 보이는 황금향   사람만큼 커 보이는 레드향

1. 스토리가 있는 한 줄 쓰기

▶ 사진 하나를 올릴 때도 '야경 앞에서 찰칵' 이 아닌, '저 많은 불빛에도 내 가족은 하나쯤 있겠지' 하고 이야기를 부여하면 좀 더 의미 있어 보입니다. 이입할 수 있는 이야기가 있으면 사람들이 더 공감하고 눈여겨보게 됩니다.

2. 재미있는 콘셉트를 잡고 활용하기

▶ 귤엔터가 잡은 콘셉트는 엔터테인먼트 콘셉트입니다. 엔터테인먼트에서 올리는 게시물을 유심히 보았다가, 패러디를 하면 재미있는 게시물이 탄생합니다. 산책 직캠, 출근길 사진, 연예 기사, 셀카 소통, 화보 촬영 등등. 좋은 홍보물을 눈여겨 보았다가 강아지를 홍보할 때 쓰면, 아주 재미있는 게시물이 탄생합니다.

3. 기억에 남을만한 캐릭터 만들어주기

▶ '아기사슴 레드향, 미소천사 천혜향, 고창석 황금향, ENFP 영귤' 등 성격이 드러나는 별명을 지어주면 좋습니다. 강아지 특성에 대해서 '순하다' '발랄하다' 하고 단순하게 적기보다는 더 구체적으로 상상할 수 있게 해줍니다.

▶ 한참 유행 중인 MBTI를 적극 활용하는 방법도 있습니다. 본인과 같은 MBTI라고 하면, 더 주의 깊게 봐 주는 의외의 효과도 있습니다.

▶ 이렇게 만든 캐릭터를 바탕으로 이력서를 만들어 보세요. 한 눈에 보기도 쉽고 재미도 있습니다.

탠져린즈 이력서

성명	영귤	생년월일	2021.9
거주지	제주도	멍BTI	ENFP
몸무게	5.8kg	접종	3차
애칭	장난꾸러기	특이사항	얼굴천재

보유 자격증	취미
2021.9 리더형 인재 취득 2021.9 장난꾸러기 취득 2021.9 귀염둥이 취득	자는 애들이랑 직원 깨워서 놀자고 하기 오늘 뭐하고 놀지 궁리하기

개인기	나의 입덕 포인트
앉아, 엎드려, 켄넬, 차타기 내가 마음만 먹으면 10초 안 에 다 배움	그냥 나 자체?

내가 데뷔해야 하는 이유	데뷔 후 포부
이렇게 귀여운 내가 가족이 없는 건 말이 안되니까!	제가 여러분의 건강을 책임질게요. 나를 따르라!ㅋㅋㅋ 물론 간식과 장난감도 챙겼죠? 출발!!

▶ 기본 정보는 정확하게 : 무게나 건강 정보뿐 아니라, 성향과 특징에 대해서 구체적으로 적어준다면 입양을 고민하는 사람에게 많은 도움이 됩니다.

▶ 당신이 필요하다는 여지를 남기자 : 보통 유기동물 입양을 진지하게 고민하는 분들은 '저 개에게 내가 필요할까? 내가 저 강아지에게 찾던 가족일까?'를 고민하시는 경우가 많습니다. 그래서 아이러니하게도 임시 보호처에서 부족함 없이 잘 지내는 모습을 보면, '저 집에서 입양하면 좋겠다, 나까진 필요 없겠다'고 생각하고는 지나치게 됩니다.
당연히 임시 보호처에서는 최선을 다해 케어해 주시는 것이 맞지만, 어딘가 여지를 남겨주시면 좋을 것 같습니다. '바로 당신을 기다리고 있다'는 신호를 보내 봅시다.

▶ 상황의 변화는 결정의 계기가 된다 : 임시 보호가 종료되어 강아지가 이동해야 한다는 등, 어떤 계기가 있을 때 입양이 결정되는 경우가 많습니다. 기회를 잘 살려봅시다.

굴 ● 다 섯

굴엔터 드디어 해외 진출!

굴엔터! 기념비적인 해외 데뷔!

두 번째 팬미팅 '서울 체크인'

온주와 자몽이 귤 창고에서 지내게 되고 얼마 지나지 않아 자몽이의 임시 보호 신청자가 나타났다. 우리 집에서 멀지 않은 곳에 사는 사람이었다. 퇴사 후 시간적 여유가 생긴 참에 누군가 자몽에 대한 소식을 전해주어 신청하게 되었는데, 자신이 개와 살아보지 않아서 걱정이 많이 된다고 했다. 그렇다면 일단 자몽과 함께 산책해 보며 우려되는 것에 대해 이야기해 보자고 제안했다.

며칠 후 우리는 자몽과 함께 공원을 걷다가 벤치에 둘러 앉았다. 신청자는 어느 정도 마음이 놓인 것처럼 보였다. 이야기를 들어보니 신청자의 걱정거리는 주로 배변 문제나 재산상의 손괴를 어느 정도까지 각오해야 하는지, 아파트인데 심하게 짖거나 바닥이 미끄러워 관절에 무리가 되진 않을지, 그리고 무엇보다 초보인 자신이 잘 돌볼 수 있을지에 대한 것이었다. 찾아보니 사료만 해도 브랜드가 엄청나게 많아서 무엇을 먹여야 하는지, 얼마나 먹여야 하는지, 목줄과 하네스 중에 무엇을 골라야 하는지부터 시작해서 너무나 고려할 것이 많아서 헷갈린다는 것이었다.

우리는 우선 배변 문제는 시간적 여유가 있다면 매일 세 번 이상 짧게라도 정기적으로 밖에 나가면 자연스럽게 밖에서 배변을 해결할 것이라고 조언했다. 그리고 산책만 충분히 하면 아마 가구를 물어뜯는 일은 거의 없을 것이고, 슬개골 탈구는 이 정도 크기의 개는 집에서 심하게 놀지 않는 이상 크게 걱정하지 않아도 되며, 이유 없이 짖는 일은 없을 테지만 혹시라도 짖게 되면 교육하는 법을 알려드리겠다고 했다. 그리고 무엇보다 보호자가 초보이기 때문에 자몽을 제대로 돌보지 못할 것을 걱정하는 부분에 대해서는, 혼자 모든 걸 감당하며 헤매지 않도록 열심히 도울 테니 걱정하지 말라고 이야기했다. 진지하게 이야기를 듣던 신청자는 입을 뗐다.

"그러면 제가 할 수 있을 것 같아요. 해 볼게요."

자몽 매니저는 사실 자신이 일을 쉬는 동안 유기견 임시 보호를 하려고 알아보다가 보호소에 있는 개를 데리고 나오면 완전히 자신이 혼자 모든 걸 결정하고 책임져야 하는 상황이 되는 게 걱정되었다고 했다. 자신이 서투른 탓에 입양을 가야 하는 개에게 좋지 않

산책하다 말고 갸웃하고 돌아보는 자몽과 오렌지

은 영향을 끼치게 될까 봐 두려웠다고. 만약 혼자 모든 것을 감당하는 것이 아니라 함께 하는 것이라면 할 수 있겠다는 생각이 든다고 말이다.

그 길로 우리는 자몽과 함께 매니저의 집으로 향했다. 당분간 먹을 사료나 간식, 배변 패드나 하네스 같은 것은 준비되어 있으니 한동안은 배변 봉투도 걱정하지 않아도 될 것이라고 말했다. 사료의 종류나 교체 주기, 급여량과 급여 시간 등에 대한 이야기를 나누며 금세 자몽 매니저의 집 앞에 도착했다. 간단하게 집 앞을 산책하고 우리는 자몽이 새롭게 지내게 될 공간에 둘러앉아 하네스와 리드줄, 간식 주머니, 켄넬 등 전달식을 가졌다. 그러는 동안 자몽이는 낯선 장소를 잠시 탐색하고는 푹신한 곳으로 가 자리를 잡고 엎드려 쉬었다.

자몽 매니저는 그 모습을 보고 다시 한번 안도하며 "사실은 지금 앉아 있는 의자도 이갈이로 사용될 거라는 각오를 했었어요." 하는 이야기를 털어놨다. 우리는 잠시 귤엔터 본사에 있는 넝마가 된 나무 의자를 떠올렸다. 이갈이 시기가 아니라 그러진 않을 테지만 혹시 몰라 이갈이 용품도 챙겨왔으니 크게 걱정하지 않아도 될 거라고 이야기했다. 조용히 엎드려 쉬는 자몽을 보며 매니저는 오늘 이 과정에 함께 해 주어서 고맙다고 했다. 혼자 했다면 모든 것이 막막했을 것 같다며. 그리고 덧붙였다.

"이 과정을 지금 저 말고도 모든 멤버 하나하나 해오셨던 거죠? 두 분이서 어떻게 이걸 다 하신 거예요? 진짜 힘드셨겠어요."

예상치 못한 말에 우리는 멋쩍게 웃었다.

돌아가는 차 안에서 우리는 마당에서 지낼 때 항상 발을 동동구르며 부산스럽게 우리를 부르던 자몽의 모습을 떠올렸다. 그랬던 자몽이가 집에서 편안히 쉬는 모습을 보니 안정적인 환경이 얼마나 중요한지 다시금 깨닫게 되었던 것이다. 그리고 자몽 매니저

귤 다섯

가 해준 공감 어린 마지막 말에 대해서도 이야기를 나눴다. 누군가 우리가 해오던 일에 대해 알아주었다는 것이 신기하고 고맙게 느껴졌던 것이다. 사실 자몽 매니저의 말대로 이즈음 우리는 그런 일들로 인해 정신이 하나도 없었다. 돌이켜 생각해 보면 우리는 그때 육체적으로나 정신적으로 상당히 소진되어 있었다. 소통하는 사람의 수가 갑자기 대폭 늘기도 했던 데다가, 입양을 간 귤멍멍이들의 보호자들이나 임시 보호 매니저들 중 초보 보호자가 많았던 터라 여러 가지 안내를 하고 질문에 답을 하는 데만도 꽤나 많은 시간이 소요되었다.

개와 사는 삶은 완전히 다른 언어로 소통하는 존재를 받아들여야 하는 일이고 아무리 피곤해도 매일 하루에 몇 번씩 밖에 나가 걸어야 하는 일이다 보니, 초반에는 특히 힘들어 하는 분들이 많았다. 전화로 고민과 어려움을 듣고 조언을 하거나 위로를 건네는 일이 많았는데, 매일 한 시간씩 휴대폰을 붙잡고 통화를 하는 날들이 이어지기도 했다. 산책 중에 통화를 마치자마자 다른 사람에게 전화가 와서 두 시간 동안 밖에서 멈춰서서 통화한 날도 있었다.

멤버들이 많다 보니 이동 일정이 하루건너 하루 꼴로 이어졌고 사이사이 병원 일정도 있었다. 종종 매니저에게 일이 생길 때에는 멤버를 우리 집에 데려와 며칠씩 데리고 있기도 하고 산책을 하러 방문하기도 했다. 그 와중에 입양을 문의하는 사람들로부터 무례한 말을 듣거나 거절하고 설득해야 하는 일들도 있었다. 속상하고 힘들 때도 있었지만 모든 것이 우리의 선택으로 시작된 일이었으므로 견뎌야 하는 일이라고 생각했다. 개인적인 일이었다면 휴가라도 냈겠지만 멤버들의 평생이 걸린 일이니 힘내자고 하루하루 서로를 다독이며 지내던 시간이었다.

무엇보다 조생과 라임의 입양 이후 두 달에 가까운 시간 동안 입양 소식이 없었다. MBC 라디오 생방송을 비롯하여 크고 작은 인터뷰나 취재에 응하며 열심히 입양 홍보를 했지만 입양 신청으로 이어지지 않아 막막한 상황이었다. 제주만다린즈 결성 초기 해외 입양을 최대한 빨리 추진하려던 계획도 생각대로 되지 않았고, 임시 보호가 종료되어 새로운 임시 보호처를 구해야 하는 멤버들도 생겼다. 다시 서울로 가서 팬미팅을 해야 하는 것 아닌가 하는 생각도 들었지만 우리 집에서 함께 합숙하여 다 같이 출발할 수 있던 때와 달리 멤버들이 전국으로 흩어져 있던 상황이라 고려할 것이 많았다. 그리고 여러 차례 '노지감귤 직배송 서비스'라는 이름으로 멤버들의 입양 의사가 있는 사람에게 어디든 데려다 주겠다고 안내를 해오고 있었기에 서울로 간다고 해도 크게 다르지 않을 것 같았다. 그러던 와중 대구에 있던 제주만다린즈 레몬이 임시 보호 종료로 인해 새로운 임시 보호처로 이동해야 하는 일이 생겼다. 레몬을 이동시킬 겸 또 다 같이 올라가 봐? 하는 생각이 들었지만 효

귤 다섯

과가 있을지 자신이 없었다.

데뷔한 기존 귤멍멍이들의 가족들이 모여 있는 카카오톡 채팅 방이 있었는데 'SM타운'을 패러디하여 '귤타운'이라고 이름 짓고 종종 대화를 이어나가고 있었다. 우리는 그곳에 조언을 구해 보았다. 무리를 해서라도 서울에서 팬미팅을 하는 것이 도움이 될지 모르겠다는 고민을 이야기하자, 예상 외로 귤타운 사람들은 무리를 해서라도 꼭 하라는 것이 아닌가. 제주탠져린즈 때와는 다르게 이번에는 도움을 줄 가족들이 많으니 일손은 걱정하지 말고, 스케줄을 미리 비워둘 수 있게 날짜만 정해서 알려달라고. 장소를 고민 중

'서울 체크인'을 오마주해서
직접 제작한 팬미팅 포스터

이면 대신 미리 방문도 해 줄 수 있다며 강력한 의사를 내비쳤다. 귤타운의 기백에 어느새 설득당해 그렇다면 남은 힘을 짜내서 다시 한번 서울 여정을 떠나 보기로 결심했다.

그렇다면 지난번은 '리틀 퍼피 선샤인'이었는데 이번에는 어떤 콘셉트로 팬미팅을 알리면 좋을까 고민해봤다. 당시 이효리가 제주에서 서울로 가서 동료들과 만나는 예능 프로그램 '서울 체크인'이 인기리에 방영되고 있었다. 얼추 제주에서 서울로 가는 것이 비슷하지 않냐며 우리는 신나서 그렇게 포스터를 만들었다.

우리 집에 합숙 중인 유자와 오렌지에 더해, 제주에 있는 멤버 중 누구를 데려가야 할지가 고민이었다. 차의 크기 때문에 현실적으로 노지감귤즈 전원을 데리고 가기는 어려웠던 것이다. 고민 끝에 감귤이와 함께 가기로 결정했다. 서울에 감귤의 자식들인 제주탠져린즈 출신 멤버들이 많이 살고 있기 때문에 오랜만에 상봉하면 좋겠다는 생각이 들었다. 서울에서 임시 보호 중인 제주만다린즈 멤버들의 매니저들과도 시간을 상의하여 날짜를 정했다.

이번 팬미팅은 제주탠져린즈 때와는 달리 각각 따로 살고 있던 멤버들이 오랜만에 한 자리에 모이는 것이기 때문에 조금 더 신경을 쓸 부분이 많았다. 게다가 당시 제주만다린즈 멤버들의 나이를 고려했을 때 호불호나 경계심이 생길 수 있는 시기이기에 팬미팅이 나쁜 기억으로 남지 않았으면 했다. 누구든 조건 없이 참석할 수 있었던 첫 팬미팅과는 달리, 반려견 동반은 입양을 고민 중인 사람으로만 한정한 것도 그런 이유였다. 제주만다린즈 매니저들에게도 팬미팅 계획에 대해 이야기하며, 행사 전에 꼭 일찍 만나 충분히 산책하고 편해진 상태로 시작하자고 제안을 하기도 했다. 며칠 후 우리는 또 익숙하게 경차에 차곡차곡 켄넬을 쌓고 캐리어를 얹었다. 우리를 쳐다보는 멤버들에게 결연한 마음으로 외쳤다.

"서울 체크인 하러 가자! 우리 사전에 체크아웃이란 없는 거야."

비장한 모습으로 우리는 다시 배에 올랐다. 서울 여정이 또다시 시작된 것이다.

지금은 제주만다린즈 시대

"서울 오신다면서요? 프로필 사진 찍어야죠. 시간 빼 놓을게요."

"팬미팅 장소 구하셨어요? 가게 쉬는 날이라 비어 있을 텐데 문 따고 들어가서 쓰세요."

"행사 전에 산책 하시죠? 감귤이 줄은 제가 잡아 드릴게요."

어떻게든 되겠지 하는 마음으로 무턱대고 출발했던 첫 번째 팬미팅 '리틀 퍼피 선샤인' 때와는 사뭇 다른 시작이었다. '이 사람들 또 대책 없겠지.'라는 것을 잘 알고 있던 많은 분들이 도움을 자처해주었다. 다들 알게 모르게 귤엔터의 힐링 코미디물 같으면서도 발리우드 같은 우당탕탕 여정에 적응하고 있었던 것이다.

서울에 간다는 소식을 본 '아트레이블 스튜디오'에서 귤엔터 전

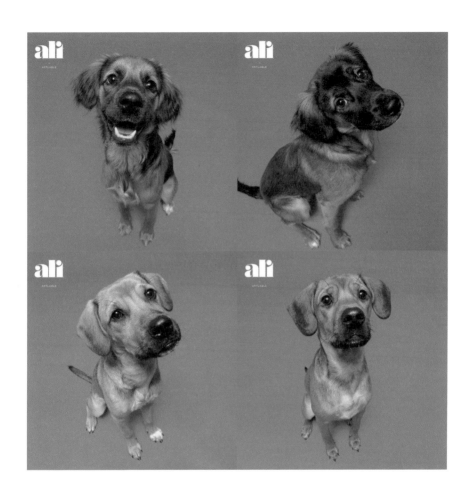

'아트레이블 스튜디오'에서 포즈를 취하고 있는
유자, 스위티, 오렌지, 레몬

아트레이블 스튜디오 제공

지금은 제주만다린즈 시대

251

만다린즈의 자타공인 리더
베르가모트

_____

속 포토그래퍼로서 가만있을 수 없다며 신입 연습생들의 프로필 촬영을 제안해 주었다. 촬영은 우리가 제주에서 데리고 간 유자, 오렌지, 감귤 외에도 제주만다린즈 멤버 스위티와 레몬이 함께하기로 했다. 스위티는 첫 번째 임시 보호 종료 후 지내고 있던 두 번째 임시 보호 매니저와, 임시 보호처 이동을 무사히 마친 레몬도 새 매니저와 함께 등장했다. 제주탠져린즈의 촬영 때는 둘이 하던 것을 멤버별 개인 매니저들과 함께하여 수월했지만 어쩐지 정신없는 사람 수만 더 늘어난 게 아닌가 하는 생각도 잠시 들었다. 오랜만에 재회한 제주만다린즈 남매들은 너무 신이 난 나머지 촬영은 뒷전으로 하고 놀기 바빴기 때문이었다. 그래도 작가들과 매니저들의 도움으로 무사히 촬영을 마칠 수 있었다.

그리고 본격적인 팬미팅 일정에 앞서 우리에게는 또 하나의 중요한 일정이 하나 있었다. 바로 제주만다린즈의 자타공인 리더 베르가모트의 전속 계약이었다. 이 이야기는 한참 전으로 거슬러 올라간다. 베르가모트의 입양 신청자는 원래 제주탠져린즈 멤버인 천혜향의 입양을 문의했던 사람이었다. 자신이 미국에 거주 중이고 몇 개월 뒤 한국에 잠시 들어갈 계획이 있는데, 혹시 가능하다면 그때 만나보고 미국에 데리고 갈 수 있겠냐는 문의였다. 하지만 하필 그때 천혜향의 입양 발표를 앞두고 있던 시점이라 아쉽게 거절

할 수밖에 없었는데, 그로부터 며칠 후 우리는 예정에 없던 2기 만다린즈를 결성하게 되었던 것이다.

혹시나 하는 마음에 2기 연습생들도 한 번 살펴보시라고 슬쩍 카탈로그 같은 메시지를 보내 보았다. 그렇게 베르가모트와 인연이 닿게 된 것이다. 베르가모트가 임시 보호 매니저와 함께 뛰어다니며 자라나는 동안 시간이 흘러 마침내 신청자가 한국에 입국했다. 우리는 신청자 가족과 몇 번의 만남을 가진 뒤 전속 계약을 확정지었다. 그리고 팬미팅 전날 베르가모트의 데뷔 소식과 출국 예정 소식을 알렸다. 두 달만의 데뷔 소식이었다.

첫째 날 팬미팅 장소는 제주탠져린즈 서울 팬미팅 장소 중 하나였던 '성미산알루'에서 열렸다. 사장님은 팬미팅 당일 제주도에서 휴가 중이었는데 빈 가게를 사용하라고 공간을 세팅해 주고 떠났다. 우리는 주인 없는 가게에 익숙한 듯 문을 따고 들어가 팬미팅을 준비했다. 그날은 천혜향 보호자가 일찍부터 와서 일손을 거들어 주었다. 천혜향 보호자는 행사 준비로 정신없는 가게 안에서 편안하게 엎드려 쉬는 감귤을 보며 감탄을 금치 못했다.

"아이고, 어머니. 어쩜 이렇게 의젓하신지요."

그저 자신을 쓰다듬으라며 드러누운 감귤 앞에 세상 공손한 말투와 몸짓으로 말을 거는 모습에 웃음을 참기 어려웠다. 곧이어 황

귤 다섯

금향의 보호자도 감귤의 앞에서 자세를 낮추고 손을 마주잡으며 "이제 그만 고생하고, 어서 데뷔해서 효도 받으셔야지요."라며 문안 인사를 드리는 진귀한 모습이 이어졌다. 뿌리 깊은 유교 문화의 현장이었다.

그러는 사이 팬미팅 시간이 다가와 사람들이 하나둘 입장하기 시작했다. 제주탠져린즈 서울 팬미팅 당시에 도와주었던 카페 매니저님을 비롯하여 골수 귤청자들이 방문하여 응원을 보내주었고, 진지하게 입양을 고민하고 있는 분들도 찾아와 입양 상담을 나누기도 했다.

다음 날 팬미팅은 성수동의 '알비'라는 전시 공간에서 개최되었다. 서울숲공원 근처의 접근성이 좋은 곳을 찾다가 대관 문의를 드렸더니 사장님이 취지에 깊이 공감한다며 장소를 제공해주었다. 심지어 행사 당일에 만난 사장님은 그사이 귤멍멍이 세계관을 정독했다고, 멤버들의 이름을 하나하나 부르며 데뷔를 기원해주었다. 이 날은 황금향의 보호자가 미리 도착하여 산책과 공간을 꾸미는 것을 도와주었다. 할 일이 없냐고 묻기에, 그렇다면 근처를 지나는 행인들이 호기심을 가지고 들어올 수 있게 건물 입구 근처에 입양 홍보용 포스터 부착을 부탁드렸다. 내부 준비가 어느 정도 끝나 입구에 나가보았더니 고용된 일꾼처럼 열 맞춰 벽면 가득 포스터를 부착하고 있는 황금향 보호자의 든든한 뒷모습이 보였다. 둘째

팬미팅 당일에 붙였던 입양 홍보 포스터

날 팬미팅에도 입양을 진지하게 고민하는 분들, 사진을 찍어 홍보해 주겠다는 마음으로 방문해주는 분들이 찾아왔다. 이미 데뷔한 멤버 라임도 방문하여 분위기를 띄워주었다.

황금향 보호자가 열정적으로 붙여주던 입양 홍보 포스터는 우리가 전부터 생각해오던 아이디어를 실행으로 옮긴 것이었다. 팬미팅에 오는 사람들에게 선물용으로 스티커를 제작할까 하다가 차라리 굿즈이면서 동시에 입양 홍보 효과가 있는 것을 제작하자는 생각이 들었던 것이다. 포스터는 디자인 전문가인 지인의 도움을 받아 본격적으로 제작해 보았다. 다양한 매체에 노출이 되고 있지만 여전히 입양으로 이어지지 않는 분위기를 타파하고자 하는 마음이었다. 귤멍멍이들의 반려견 데뷔를 응원해주는 전국의 자영업자 사장님들의 가게를 입양 홍보 게시판으로 노려 보자는 원대한 포부와 함께였다.

우리 멤버들을 응원해주는 사장님들의 가게는 보통 펫 프렌들리한 분위기이고 동물권에 관심이 있는 사람들이 많이 찾는 곳이니, 입양 홍보용 포스터를 통해 손님들에게 노출되는 효과를 노려 본 것이었다. 우리는 가게 사장님들에게 조심스럽게 연락을 드려 허락을 구했고, 많은 마음씨 좋은 사장님들이 감사하게도 흔쾌히 허락해 주셨다. 심지어 동네의 다른 가게 사장님들에게도 줄 테니 넉넉히 챙겨달라고 하는 사장님도 있었다. 황금향 보호자는 행사

후에도 포스터 수급책을 맡아 전국 각지에 포스터를 배송해주는 일까지 담당해 주었다.

팬미팅의 성과는 즉각적으로 나타났다. 가장 먼저 유자의 입양 신청이 들어왔다. 유자의 입양 신청자들은 첫날 팬미팅에서 인상 깊은 모습을 보여준 사람들이었다. 행사 시작 전부터 가게 앞을 서성이다가 마치 오픈 런을 하듯이 들어와 유자 곁을 떠나지 않던 사람과, 행사 종료 직전 야근하다 뛰쳐나와 택시를 타고 도착한 사람이 유자의 입양 신청자들이었다. 심지어 유자에게 조공할 간식을 사오다 넘어져 다쳐 깁스를 한 채로 온 것이라고 했을 때의 놀라움이라니. 이들은 유자의 입양 신청을 망설이다가는 다른 사람에게 순서를 놓치겠다는 생각에 팬미팅을 마치고 돌아가 바로 입양 신청서를 작성했다고 했다. 며칠 후 만나 산책 방법을 알려주는 등의 입양 과정을 거친 뒤 전속 계약을 성공적으로 마치게 되었다.

그리고 이틀 내내 팬미팅에 참여한 열성적인 팬이 한 사람 더 있었는데, 바로 스위티의 팬이었다. 누구와도 잘 어울리는 확신의 외향형 스위티는 팬미팅에서도 미래 가족의 마음을 성공적으로 사로잡았던 모양이었다. 스위티의 입양 신청자는 이틀 동안 만나본 후 입양에 대해 더욱 진지하게 고민하기 시작해, 이후 한 달간의 준비 끝에 스위티의 전속 계약자가 되었다. 그리고 스위티와 유자의 전속 계약자들은 직장 동료 사이기도 했는데, 서로가 서로에게 얼마나 영업을 했을지 눈에 선했다. 그 직장에 최초 귤멍멍이들을 영업해준 분에게 감사패라도 전하고 싶은 마음이었다.

문득 팬미팅이 효과가 있을지 모르겠다며 결정을 유보하고 있을 때 그렇지 않다고 기운 내어 저질러 보라고 말해줬던 사람들의 말이 떠올랐다. 사실 열의에 넘쳤던 제주탠져린즈 팬미팅 때와는 달리, 이번 팬미팅을 앞두고는 두려움과 불안감이 더 컸다. 오랜만에 만난 멤버들의 성향을 우리가 다 알지 못한다는 데에서 오는 불안감도 있었지만, 무엇보다 이번에야말로 사람들이 정말 오지 않을 것 같다는 생각이 들었다.

사실 당시에 여러 사람들과 소통하는 과정에서 몇몇 사람들의 말에 깊은 상처를 받기도 했던 터라, 사람을 만나 이야기하는 것이 지치고 공포스럽게 느껴지기까지 한 상태였다. 몸과 마음이 소진된 채로 회복되지 않았고 팬미팅의 의미에 대해서도 스스로도 확신이 서지 않았다. 맹세코 살면서 말을 적게 하는 것이 힘들면 힘들었지 말을 하는 것이 어려웠던 적은 없던 구대표가, 밀려드는 사람들을 보고 구석으로 도망가고 싶은 충동이 들었을 정도였으니 말이다. 말 곳간이 한 번도 텅텅 빈 적이 없던지라, 퍽 당황스러웠다.

당시에 우리는 마치 어딘가를 향해 가던 중 꽉 막힌 도로에 오랫동안 갇혀있는 것 같은 기분을 느끼고 있었다. 점입가경으로 차량이 곧 퍼질 것처럼 경고등이 점등되어 불안감이 고조되고 있을 때였다. 그 순간 갑자기 낯선 사람들이 도로에 나타나 수신호를 해주며 도로 상황을 정리해주는 것이 아닌가. 도저히 풀리지 않을 것 같던 교통 체증이 눈앞에서 서서히 풀려가는 것이 보였다. 사람들의 말처럼 팬미팅은 정말 효과가 있었다. 두 멤버가 팬미팅을 통해 가족을 만났고, 우리의 여정이 소용없는 짓은 아닐까 했던 잠깐의 우려도 말끔히 해소되었다. 건투를 빌어주는 사람들에게 창밖으로 손을 흔들며 다시 여정을 떠날 수 있게 된 것이다.

귤 다섯

이번에는 해외 진출이다!

일이 풀리기 시작한 것은 팬미팅 때문만은 아니었다. 팬미팅 준비에 한창이던 때에, 전혀 예상하지 못한 연락을 하나 받게 되었다. 바로 자몽과 온주의 입양 신청이었다. 미국에 살고 있다는 신청자는 우연히 제주만다린즈의 입양 홍보 글을 봤고, 그러다가 제주만다린즈의 모견 자몽을 알게 되었다고 했다. 상대적으로 입양 기회를 얻기 힘들 것 같은 모견 자몽의 입양 신청을 하려고 보니, 자몽에게도 또 모견 온주가 있다는 것도 알게 되었다는 말과 함께였다. 둘 중 더 가족을 찾기 힘들 것 같은 멤버를 자신이 입양하고 싶다는 것이었다.

사실 우리는 서울 여정을 시작하며 함께 데리고 오지 못했던 자몽과 온주에 대한 미안한 마음이 있었다. 많은 사람에게 노출이 될수록 입양 기회가 높아질 텐데, 우리의 차가 작은 것이 천추의 한으로 남아있었다. 그러는 사이 자몽은 임시 보호 매니저와 함께한 지 어느새 두 달이 되어가고 있었다. 초보 매니저라 어려움이 많았을 텐데 매일 빠지지 않고 올라오는 자몽의 입양 홍보 게시글을 보며 제주에 돌아가자마자 만나 힘든 점은 없는지 물어야겠다고 다짐하곤 했다. 온주는 여전히 임시 보호처를 구하지 못해 귤 창고에서 생활하고 있었다. 생각보다 길어지는 귤 창고 생활에 귤밭 매니저들에게도 면목이 없었지만, 누구보다도 마당을 나와서도 여전히 실외 생활 중인 온주에게 미안하던 터였다.

우리는 너무나 기쁜 마음으로 자몽 매니저에게 입양 문의가 들어온 사실을 메시지로 알렸다. 자몽 매니저와 함께 상의해볼 생각이었는데, 바로 답장이 왔다.

"혹시 통화 가능하실 때 연락할 수 있을까요?॥"

좀처럼 오타를 낸 적이 없던 매니저의 다급한 메시지에 놀라 무슨 일이라도 생겼나 싶어서 전화를 걸었다. 그리고 또 뜻밖의 소식을 듣게 되었다. 자몽 매니저가 자몽의 입양을 고민 중이라는 것이 아닌가. 함께 지내보니 자신이 개와 잘 살 수 있을지 걱정하던 부분이 거의 해소되었다는 것이었다. 그렇지 않아도 자몽의 게시글에 애정이 묻어나는 것이 느껴졌었는데 혹여 부담을 느낄까 봐 내색하지 않으려고 했었다. 게다가 임시 보호 시작 당시에 딱 임시 보호만 할 것이라고 못 박아두었기도 했던 부분이라 기대하지 않으려고 노력하고 있었다. 하지만 전화기 너머로 자몽과 헤어지지 못하겠다는 심각한 목소리의 고백을 듣자 행복한 웃음이 새어 나오는 것은 어쩔 수 없었다. 제주로 다시 돌아가게 되면 전속 계약을 만나기로 하고 통화를 마쳤다.

그리고는 자몽, 온주의 입양 신청자에게 이 소식을 전달했더니 우리의 일처럼 축하해 주었다. 자신의 신청으로 자몽이 가족을 찾게 되어 기쁘다는 말과 함께. 영상 통화로 진행한 온주의 전속 계약자 인터뷰에서 신청자는 원래 가까운 유기동물 보호소에서 어떤 나이든 개를 입양할 예정이었다는 이야기를 들려주었다. 개의 남은 생을 편안하게 살게 해주고 싶어 호스피스를 신청해 두고 바쁜 일이 마무리되면 시작할 생각이었는데, 그 사이 병원에서 생을 마감했다는 것이었다. 서두르지 않은 것이 너무 후회된다고, 개의 시간은 인간과 다르다는 것을 깨닫게 되었다는 말과 함께였다. 그래서 만약 온주의 가족이 된다면 가능한 서두르고 싶다는 것이었다. 인터뷰 내내 온주의 전속 계약자가 좋은 분인 것이 느껴져 실외에 있는 온주가 어서 이동할 수 있도록 해야겠다는 다짐을 했다.

온주의 입양 신청자는 지금 함께 살고 있는 세 명의 반려견에 대한 이야기와 온주와의 합사에 대한 계획에 대해서도 이야기를 들려주었다. 마당이 넓고 집 내부에 층이 나뉘어져 있어서 초반에는 공간을 잘 활용하여 기존 개들과 천천히 만나 적응하게 할 것이라고 했다. 원래 했던 각오보다 오래 걸리더라도 온주의 속도에 맞출 생각이라는 것이다. 그리고 덧붙여 말하길, 근처에 사는 남편 가족이 작은 치와와를 키우는데 그 개와도 자주 만난다며 기존 개들이 다른 소형견을 공격하거나 괴롭히지 않는다는 것을 확인했으니 그 부분은 걱정하지 않아도 된다는 이야기를 하는 것이 아닌가. 그동안 귤엔터 연습생들이 크다는 이야기만 들어왔던 우리는 그 말을 듣고 매우 당황하다가 일순 웃음을 터트릴 수밖에 없었다.

주인 할아버지가 온주를 처음 데리고 올 때에도 동배들 사이에서 유독 크고 무섭게 생겨 아무도 데려가지 않으려고 한다며 그냥 데려가라던 것을 자기가 한사코 만 원과 일 엔을 쥐어주고 데려왔다던 온주였다. 우리나라에서는 대형견으로 분류되는 온주가 40kg, 80kg 나가는 개들과 사는 가족에게는 치와와처럼 앙증맞은 존재였던 것이다. 인터뷰를 마치며 이제 온주가 가족을 만나러 갈 수 있게 준비만 잘 하면 되겠다는 생각이 들었다.

당시에 우리는 말로만 듣던 해외 입양을 진행하는 방법을 찾아

🐱🐶🐻🐰🐿️

가고 있었다. 온주뿐 아니라 제주만다린즈의 베르가모트와 포멜론도 해외 입양을 준비하고 있었기 때문이다. 베르가모트는 앞서 이야기했던 것처럼 전속 계약을 맺은 가족과 함께 미국 캘리포니아로 출국할 예정이었고, 포멜론은 그동안 긴밀히 전속 계약이 논의되는 중이었다. 포멜론의 입양 신청자 가족은 미국 뉴욕에 사는 사람들로, 큰 개를 반려해본 경험이 있는 사람들이었다. 한국에 잠깐 방문했을 때 포멜론과 직접 만남을 가진 뒤로 여러 측면을 고려하여 포멜론을 입양하는 것에 대하여 신중하게 고민을 이어가고 있었다.

"새끼는 어떤 동물이든지 귀엽잖아요. 어린 강아지와 사랑에 빠지는 건 정말 쉬워요. 하지만 동물을 키운다는 건 그 이상의 책임과 일이 많으니까요."

느긋하고 진중한 성격을 자랑하던 포멜론만큼이나 진지한 고민이 느껴지는 인터뷰와 함께 포멜론의 전속 계약이 최종 확정되었다. 포멜론과 온주의 전속 계약자는 미국에 있기 때문에 이동봉사자를 통해 멤버들을 만나는 것으로 이야기 했고, 이동봉사를 구한 결과 포멜론과 온주의 출국일자는 하루 차이로 정해졌다.

국내의 유기견 보호 단체들에서 해외 입양을 많이 추진한다는 것은 알고 있었지만, 우리 같은 개인이 해외 입양을 보낸 케이스는 찾기 힘들었다. 온라인에 검색해 보아도 찾을 수 있는 정보는 단체를 통해 해외에서 개를 입양한 사람의 후기이거나, 단체를 통해 해외입양 과정에서 이동봉사를 한 사람의 후기가 대부분이었다. 그런 후기들에는 '걱정마세요. 단체에서 알아서 서류를 준비해와요.' 하고 써 있었는데, 우리는 바로 그 서류가 무엇인지를 정확히 알아야했다.

그러다 우연히 어떤 블로그 하나를 발견하게 되었는데, 해외 입양 관련 서류를 작성하는 방법에 대해 마침 하나하나 상세하게 정리하여 업로드 중인 블로그였다. 열심히 읽어도 헷갈리는 부분이 있어 몇 가지 질문을 하려고 메시지를 보냈는데, 필요하다면 출국까지 전 과정을 도와주겠다고 하는 것이 아닌가. 막막하던 차에 너무나 반가운 메시지였다. 블로그의 운영자는 'ICNTOHOME'이라는 이름으로 해외 입양 이동봉사를 지원해 왔는데, 알고 보니 이미 귤멍멍이를 이미 잘 알고 있었다. 최근 최애 황금향의 보호자가 제작한 한정판 포토카드를 구하지 못해 아쉬웠다고 할 정도로.

그렇게 뜻밖의 도움을 받아 해외 진출 준비가 본격적으로 시작되었다. 베르가모트는 동물의 소유주가 직접 개를 데리고 가는 것이라 큰 어려움은 없었지만, 포멜론과 온주는 이동봉사자의 도움을 받아 이동시키는 것이다 보니 관계법령상 동물의 수출로 분류되어 신경 써야할 부분이 많았다. 미국의 동물 수입 기준에 맞게 서류를 준비해야 했는데, 오타가 한 자만 있어도 서류를 처음부터 다

귤 다섯

시 발급받아야 했다. 시차도 고려해야 하다 보니 새벽 늦게까지 지구 반대편의 전속 계약자들과 함께 서류를 검토하곤 했다. 우리의 휴대폰에 미국 각 도시의 시계가 추가되었다.

'ICNTOHOME'의 봉사자는 주 별로 다른 세세한 규정과 관련 미국 기관의 휴가 일정까지 고려하여 조언을 해주었다. 한 번은 우리가 이렇게 도움을 거저 받아도 될지 모르겠다고 하자, 이것이 가족 찾는 개들을 위해 자신이 하는 봉사이니 괜찮다는 답변이 돌아왔다. 답변을 듣고 놀랐는데 우리도 타인의 눈에 그렇게 보일 수도 있을 것 같다는 생각을 했다. 그리고 '한국에서 구조된 개가 미국의 한 가족에게 입양되어 간다'는 짤막한 문장 안에 얼마나 많은 사람들의 선의가 모이는 것인지 돌이켜 생각해보게 되었다.

그때쯤 누군가가 우리에게 해외 진출에 도움이 되었으면 좋겠다며 멤버들의 입양 공고를 영어로 번역해준 일도 있었다. 한국 아이돌 엔터테인먼트 시스템에 대한 패러디라는 세계관에 대한 설명까지 포함된 정성스러운 번역문이었다. 그리고 제주에서 멤버들을 보아 온 수의사는 구조견의 해외 입양을 보내 본 경험상 서류 기한을 지키는 것이 중요하다는 것을 알고 새벽까지 서류를 보내주기도 했다. 이토록 많은 사람들의 도움 안에서 멤버들이 미국으로 떠날 수 있었던 것이다.

온주의 데뷔 소식을 알게 된 제주의 귤멍멍이 가족들은 온주가 한국을 떠나기 전에 한 번 얼굴을 보면 좋겠다고 했다. 마당을 떠난 이후 처음으로 노지감귤즈 멤버 전원이 모이는 자리였다. 우리 집 금배이사, 감귤, 만다린즈 오렌지 그리고 온주의 자식들인 자몽과 조생도 함께였고, 전속 계약자과 임시 보호 매니저들도 모두 한 자리에 모였다. 각자 제주의 동서남북에 흩어져 살고 있던 까닭에 중간 지점에서 만나려면 한라산 천백고지에서 만나야 하는 게 아닌가 잠시 고민했지만 애월의 한 반려견 운동장에서 편하게 만나기로 했다.

오랜만에 만난 멤버들은 꼬리를 흔들며 인사를 나누더니 신이 나서 뛰어 놀았다. 1미터 반경에 묶여 서로를 바라보기만 하던 멤버들이 넓은 잔디밭을 뛰어노는 모습을 보니 마음이 뭉클했다. 겁이 많은 온주와 조생까지 덩달아 신나서 뛰어다녔다. 곧 미국으로 떠나는 온주와 나머지 멤버들은 아마 다시 만나기는 어렵겠지만 그 모습이 즐겁고 행복해 보여 너무나 다행이었다. 시차를 계산하여 대기 중이었던 온주의 전속 계약자와도 영상 통화를 걸어 온주의 자손들과의 만남을 실시간으로 생중계 해주기도 했다.

얼마 후 우리는 온주를 귤 창고에서 데리고 나왔다. 그 사이 베르가모트는 무사히 미국으로 떠났고, 이제 포멜론과 온주의 출국을 며칠 앞둔 8월 초의 어느날이었다. 짧지만 며칠이라도 온주를 귤엔터 본사에 머물다 가게 할 생각이었다. 마당에서부터 3년간 묵

🐶🐶🐶🐶🐶

오랜만에 만난 멤버들은
꼬리를 흔들며 신나게 뛰어놀았다.

온주에게 제주 바다를 보여주는 구대표

혀온 때를 벗겨내는 목욕도 하고 짧게라도 집안에서 온주가 어떻게 행동하는지 확인해 둘 생각이었다. 목욕을 마치고 한층 톤 업 되어 뽀얘진 온주는 늘 그랬던 것처럼 온화하고 조용하게 우리 집에 머물렀다. 평생 묶여 있느라 제주의 바다를 보지 못했을 온주에게 제주 바다를 보여주고 싶어 바닷가를 걷기도 했다. 자몽의 임시 보호 매니저가 전속 계약자가 되던 날에도 온주와 함께 만나 걸었다.

노을지는 바다 앞에 선 온주와 자몽의 실루엣을 카메라에 담으며 둘의 행복을 진심으로 바랐다.

포멜론의 출국도 준비할 겸 온주와는 출국일보다 며칠 앞서 서울로 이동했다. 포멜론의 출국 날 인천공항에까지 직접 나온 'ICNTOHOME'의 봉사자에게 미리 공수해온 한정판 황금향 포토카드를 슬며시 건네며 감사 인사를 대신했다. 도움 받았던 것에 비해 약소한 것은 아닌가 걱정했지만 포토카드를 받아들며 황금향의 얼굴을 조심스럽게 쓰다듬는 모습을 보니 마음이 놓였다. 포멜론은 데뷔 소식을 올린 날 뉴욕으로 향했다. 많은 사람들의 축복 속에 포멜론이 씩씩하게 긴 비행을 마치고 무사히 도착할 수 있기를 바랐다.

온주와 서울에 온 김에 근처에 있는 귤멍멍이 가족과 인사를 나누면 좋겠단 생각이 들었다. '성미산알루'에서 먼저 데뷔한 천혜향, 라임, 그리고 황금향 보호자와 함께 데뷔를 축하하는 시간을 가졌다. 산책을 마친 온주는 가게 방석에 엎드려 편안히 쉬고 있었고, 아직 노는 게 좋은 천혜향과 라임은 씨름하고 놀며 쉬며 시간을 보내는 중이었다. 그 모습이 신기했는지 옆 테이블에 앉아 있던 사람들이 궁금증을 가득 가지고 무슨 모임이냐고 말을 걸어오기도 했다. 간단하게 온주와 귤엔터 세계관에 대해 설명했다. 그러면서 아직 가족을 찾는 감귤, 레몬, 오렌지를 떠올리며 사명감에 불타 남은 멤버들에 대한 영업도 곁들였다. 옆 테이블 사람들은 자신들도 반려동물을 입양하고 싶긴 하지만 아직 준비가 되지 않은 것 같다기에 혹시 생각이 바뀌면 연락 달라고 웃으며 이야기를 끝냈다. 온주의 출국이 바로 다음 날 아침 일찍이라 우리는 일찌감치 자리에서 일어났다.

　손님을 맞느라 정신없던 가게 사장님이 온주에게 마지막 인사를 하기 위해 주방에서 나왔고 옆 테이블 사람들과 귤멍멍이 가족들이 온주를 둘러싸고 앉아 쓰다듬으며 한 마디씩 축하의 말을 건네주었다. 그 바람에 본의 아니게 가게에 있는 모든 손님들이 온주의 소식을 알게 되었다. 평생 마당에 묶여 살다가 얼마 전 벗어났으며, 이제 가족을 찾아 내일 출국한다는 것을. 그러자 가게 안에 있던 모든 사람들이 온주에게 손을 흔들며 고생 많았다고, 데뷔를 축하하고 잘 살았으면 좋겠다는 축복의 말을 보내주었다. 사람들의 따뜻한 인사를 뒤로한 채 가게를 나오며 덩달아 온주가 무사히 비행을 마치고 얼른 행복한 일만 가득했으면 좋겠다고 한 번 더 기도했다.

　며칠 후 우리는 SNS를 통해 "귤멍멍이, 美에서 통했다! 멍보드 차트 진입"이라는 개스패치 보도를 올렸다. 캘리포니아의 선샤인 베르가모트와, 평화의 상징이 된 뉴요커 포멜론, 만지면 부서질까

　　　　　　　　　　　　　　　　　　　　　　귤 다섯

봐 조심해서 만져야 한다는 일리노이의 쁘띠 온주의 소식을 알렸다. 모두 미국 반려견 무대에 성공적으로 데뷔했음을 널리 알리는 글이었다.

해외 데뷔 멤버들이 알려주는
How to 미국 진출

영세한 엔터테인먼트로서 처음 해외 진출을 하려니 막막한 점이 많았습니다. 우리와 같은 사람들에게 도움이 되길 바라며 베르가모트와 온주의 사례를 통해 미국 해외 입양 과정에 대해 소개하려고 합니다. 소개하는 사례는 한국의 개인인 우리가 미국에 거주하는 개인 입양자에게 항공편을 통해 15~20kg 크기의 건강한 개를 입양 보내는 과정에 대한 사례입니다. 상황과 국가, 거주 지역에 따라 상세한 절차는 달라질 수 있으며 규정과 서식은 바뀔 수 있으니 참고용으로만 보아주세요.

√ 해외 입양을 추진하기에 앞서, 아래 사항을 체크해주세요!

· ·

☐ 입양 신청자와 충분한 대화와, 영상 통화 및 신분 확인 절차를 거쳐 입양이 확정되었나요?

☐ 항공사 규정 상 운송이 제한되는 경우에 해당하지 않나요? (연령, 단두종 여부, 건강 상태 등)

☐ 목적지 지역의 동물 반입 허용 기준에 부합하나요? (미국 입국 한 달 전 광견병 접종이 완료되어 있어야 합니다. 워싱턴 주와 뉴욕 주는 심장사상충 양성일 경우 반입 불가입니다)

☐ 입양자가 한국에서 직접 개와 함께 출국하나요? 아니면 제3자(이동봉사자 등)를 통해 개를 전달받기를 원하나요?

🐱🐶🐻🐾🐶

▶ 베르가모트는 한국에 입국한 입양자가 직접 동반해서, 아시아나항공 직
  항으로 미국 로스앤젤레스 공항으로 이동했습니다.

순서	내용
1 예약 항공편 반려동물 동반 신청	• 예약한 항공사를 통해 해당 항공편에 동물 운송이 가능한지 확인 후 예약을 진행합니다. (입양자가 진행, 또는 탑승객의 정보 제공 동의 받아 구조자가 진행) 항공편당 총 운송 동물 수가 제한되어 있으므로 최대한 빠르게 진행하는 것이 좋습니다. 베르가모트는 무게 상 기내 반입이 어려워 위탁수하물로 예약했습니다.
2 광견병 중화항체가 검사 및 마이크로칩 이식	• 마이크로칩 이식: 비용 4만 원 • 광견병 중화항체가 검사 : 우리나라 동물 수입검역 기준에 따라, 2년 이내 다시 국내에 입국할 계획이 있는 경우에 한하여 한국에서의 발급을 추천합니다. 검사 후 결과지 발급까지 2~4주 소요 비용: 병원마다 상이하나 21만 원 정도입니다.

1) 예방접종증명서 및 건강증명서 (별지 25호 서식)

- 발급처: 동물병원 발급 (농림축산검역본부 홈페이지 > 동물축산물검역 > 검역절차 내 서식 사용)
- 출국 전 10일 이내 서류만 유효
- 발급 목적: 검역증 발급 신청 시 지참
- 비용: 동물병원에 따라 상이
- Tip: 병원에서 작성할 경우 서류가 틀리는 경우가 종종 있습니다. 직접 꼼꼼히 한 글자씩 확인하며 작성하는 것이 좋습니다. (예: 접종 수첩에 부착해주는 스티커 상 시리얼 넘버 대조, 제조사 홈페이지를 통해 유효기간 확인 등)

2) 영문 광견병 접종증명서

- 발급처: 동물병원
- 사용처: 로스엔젤레스 공항 (캘리포니아 주법에 따라 요구하는 부분)
- 비용: 동물병원에 따라 상이합니다.
- 베르가모트의 경우 캘리포니아 주법에 따라 해당 서류가 필수로 요구되었습니다. 각 주마다 요구 서류가 다르니 반드시 주법을 확인해야 합니다. 미국 동식물검역국 홈페이지 등을 통해 확인할 수 있습니다. 서식은 APHIS 7041 양식을 사용해도 무방합니다.
- 동물 반입 주법 확인 웹페이지 : https://www.aphis.usda.gov/aphis/pet-travel/bring-pet-into-the-united-states/pet-travel-dogs-into-us

3) 검역증
- 발급처: 농림축산검역본부 내 검역소에 출국 동물과 함께 방문하여 발급받아야 합니다. 검역 본부는 인천공항을 비롯하여 전국 여섯 곳에 위치해 있습니다.
- 출국 전 10일 이내 서류만 유효. 출국 당일에도 발급 가능하나 강력히 사전 검역을 추천합니다. 단, 출국자 본인이 아닌 구조자 또는 임시 보호자가 방문하는 경우 출국자의 정보를 적은 위임장과 신분증 사본, 위임 받는 사람의 신분증을 지참하여야 합니다.
- 사용처: 출국 당일 출국 수속 시 지참
- 비용: 검역수수료 1만 원/건당

4) 지난 6개월 간 광견병 고위험국에 체류한 적 없다는 내용의 영문 진술서
- CDC(미국질병통제예방센터)에서 광견병 고위험군이 아닌 나라(우리나라 포함)에서 미국에 입국하는 개들에게는 서면 또는 구두 진술이 요구함에 따라 영문으로 작성 및 서명 완료된 진술서를 지참하는 것을 추천합니다.

4
비행 사전 준비

- 켄넬(크레이트), 걸이형 물통, 배변 패드, 대형 케이블타이, 가위를 준비합니다.
- 켄넬은 개가 일어서거나 엎드렸을 때 편하게 있을 수 있는 크기로 준비해야 합니다. 켄넬 내에는 바닥 배변 패드 외에 다른 것은 필요하지 않습니다. 출국 시 켄넬 문에 걸이용 물통과 리쉬를 대형 케이블타

이로 고정시킵니다.

- 켄넬 연습 : 다양한 켄넬 교육 영상을 참고하면 좋습니다. 밥을 좋아하는 개라면 가장 간편한 방법은 매 끼니 때마다 켄넬에서 밥을 주는 것입니다. 켄넬에서 머무는 시간을 조금씩 늘려봅시다.
- 함께하면 좋은 연습: 부르기(리콜) 교육. 낯선 환경에서 혹시 모를 사고에 대비해 다른 모든 교육에 앞서 이름을 부르면 다가오는 연습을 해 봅시다. 걸이형 물통 사용법도 연습하면 좋습니다.
- 켄넬 위에 개 이름, 입양자 이름과 연락처를 쓰는 것을 추천합니다. 테이프를 붙이고 그 위에 쓰면 도착 후 떼어서 버리기도 깔끔합니다.
  생각보다 해외로 나가는 개들이 많으므로 켄넬이 바뀌는 사고를 방지하기에 좋아요. 그리고 이름을 써두면 공항 직원들이 켄넬 속 개가 불안해하는 경우 이름을 불러주며 안정시키기 좋다는 이야기도 있어요.

5
출국 당일

- 출국 네 시간 반 전 : 긴 비행에 앞서 배변을 마치고 편히 쉴 수 있도록 공항 근처 공원에서 여유롭게 산책했습니다.
- 출국 세 시간 전 : 입양자와 공항 터미널 체크인 카운터에서 만나서 출국 수속을 진행했습니다. 체크인 카운터 수속 후 '큰 짐 부치는 곳'으로 이동하면 직원들이 개를 데리고 갑니다. 도착 후에도 다른 위탁 수하물처럼 컨베이어벨트가 아니라 큰 짐 찾는 곳

에서 찾아야 합니다.

- 출국 과정 시 주의사항: 인간도 개도 낯설고 정신없는 과정이니, 무엇보다 개의 안전을 최우선할 것을 기억해야 합니다. 도착지 공항에 도착하자마자 켄넬 문을 열어버리면 낯선 환경에서 당황한 상태로 혹시 모를 사고가 발생할 수 있으니, 반드시 공항을 떠나 충분히 안전한 곳에서 켄넬 문을 열고, 반드시 리드줄을 잡은 상태로 켄넬 문을 완전히 열도록 안내했습니다. 배변이나 식사를 하루 종일 못하거나 갇혀 스트레스를 받을 수 있지만 안전이 훨씬 중요합니다. 혹시라도 개를 놓치면 쫓아서 뛰어다녀 흥분을 가속하기보다는 몸을 낮추고 차분하게 이름을 불러 다가오게 하는 것이 좋습니다.
- 비용: 아시아나 항공, 켄넬 포함 32kg 이하 반려동물 운송료 29만 원

일리노이의 쁘띠 공주, 온주의 사례!

▶ 온주는 이동봉사자의 도움으로 대한항공 직항편으로 미국 시카고 공항으로 이동하여 입양 가족을 만났습니다. 이동봉사자 등 제3자의 도움으로 개를 이동시킬 경우 동물의 수출, 수입에 해당하므로 이에 대한 서류를 추가로 준비해야 합니다.

순서	내용
1 이동봉사자 구하기	• 입양자와 시기와 공항을 정하여 SNS 또는 이동봉사 지원 단체를 통해 이동봉사자를 구하여 정확한 비행편명을 받아야 합니다.
2 예약 항공편 반려동물 동반 신청	• 이동봉사자 본인이 신청하거나 타인이 신청할 경우 탑승객 정보가 있어야 합니다. 이때 켄넬 규격, 켄넬과 동물 무게, 동물 나이 등에 대한 정보가 필요합니다.
3 마이크로칩 이식 및 추가 예방접종	• 제주도는 마이크로칩 이식 비용 무료입니다. • 추가 예방접종 : 한국에서 일반적으로 접종하는 종합백신은 DHPPi이나, 미국은 '렙토스피라증 백신'을 포함한 DHPPL이 USDA Permit을 받는데 필수입니다. 미리 접종해야 합니다.
4 미국 입국 서류 준비	1) APHIS 7041 (미국 동물 건강 및 접종 증명서류) 발급 • 서식 : USDA APHIS (미국 농식물 동식물검역소) 홈페이지 > APHIS 7041를 검색하여 서식을 사용하세요. • 발급처: 한국 동물병원 • 사용처: Permit 발급 시 제출해야 하므로 입양자에게 전달합니다. • 팁: 한 글자의 오타로도 반려될 수 있으므로 영문으로 꼼꼼히 작성하여 동물병원 수의사의 서명을 받

아야 합니다.

- 입양자의 이름, 주소, 연락처와 이메일 주소가 필요하다. 오타 때문에 반려될 위험이 있으므로, 해당 서류 상에는 USDA 규정상 필수적으로 요구되는 종합백신(DHPPL)과 광견병 접종기록만 적기를 추천합니다.
- 비용: 발생하지 않았으나 병원마다 상이합니다.

2) 〈입양자〉 USDA APHIS Import Permit (미국 농무부 수입허가서) 발급 신청
- 신청일 및 출국예정일 제외 최소 5 영업일 전 접수 완료되어야 합니다. 서류를 꼼꼼하게 검토하니 최대한 여유롭게 준비해야 합니다.
- 입양자가 USDA APHIS 웹사이트 가입 후 신청.
  - 작성 시 'ICNTOHOME'의 블로그(https://blog.naver.com/icntohome)를 참고하면 많은 도움을 받으실 수 있습니다.
  - importer는 입양자, exporter는 구조자(또는 임보자)입니다. 입양자에게 exporter의 이름, 주소, 휴대폰번호, 이메일을 알려주어야 합니다.
  - 비행편명 입력 시 시차를 계산하여 작성해야 합니다.
  - 제출 직후 승인 메일이 오는지 확인해야 합니다.
- 사용처: Entry 발급 및 미국 입국 심사 시 제출
- 비용: 발생하지 않습니다.

3) 〈입양자〉 Entry Summary (세관신고) 발급 신청
- Licensed Custom Broker(통관사)를 통해 발급받아야 합니다.

- 이동봉사자의 여권 사본 필요, 개인정보보호에 유의 안내
- 사용처 : 미국 입국 심사 시 CBP(미국 관세국경보호청)에 제출
- 발급 소요 기간: 1, 2일 정도 소요됩니다.
- 비용 : 통관사에 따라 상이하나 최소 $155. 입양자가 직접 결제합니다.

**5
한국 출국
서류 준비**

1) 예방접종증명서 및 건강증명서(별지 25호) : 베르가모트 사례와 동일.
- 출국 전 10일 이내 서류만 유효합니다.
- 사용처: 한국 출국 시 검역증 발급용
- 발급처: 동물병원에서 발급합니다.

2) 검역증 : 베르가모트 사례와 동일.
- 출국 전 10일 이내 서류만 유효합니다.
- 농림축산검역본부 내 검역소에 출국 동물과 함께 방문하여 발급받아야 합니다. 온주는 제주에 있었기에 제주공항에서 받았습니다. 이동봉사자의 서명이 들어간 위임장과 신분증 사본을 지참해야 합니다.
- 비용: 검역수수료 1만 원/건당

**6
출국 준비**

- 출국 이틀 전 : 온주는 제주에 있었기 때문에 출국일 전에 먼저 김포공항으로 왔습니다.

---

7 출국 수속	• 출국 당일 : 인천공항 주변 공원을 충분히 산책했습니다. • 출발 3시간 전 : 이동봉사자와 체크인 카운터에서 만나 출국 수속을 진행했습니다. 위탁수하물 운송료는 구조자가 선결제 후 입양자에게 페이팔로 실비를 받습니다. • 결제를 마치고 이동봉사자에게 서류를 모두 전달한 후 헤어져도 괜찮습니다. 개는 큰 짐 부치는 곳에서 직원의 안내에 따라 탑승하게 됩니다. • 온주의 켄넬 뚜껑에는 마당 시절 목줄과 응원현수막 등을 부착하여 같이 보냈습니다. • 비용: 위탁수하물 운송료 30만 원
8 입국 수속	• 입국 심사: 이동봉사자의 역할이 중요한 부분입니다. 사전에 절차에 대해 안내해주어야 합니다. 이동봉사자가 세관신고서 작성 시 'I'm bringing animal'에 'yes'를 체크하여야 합니다. 수하물 찾는 곳(Baggage Claim)에서 켄넬을 확인 후 포터를 고용하여 세관(CBP)로 이동하여야 합니다. 세관(CBP)에서 서류를 제출하여 release confirm 이 완료되면 입국장으로 이동하면 됩니다. 온주가 이동한 시카고 공항의 경우 간혹 오류가 발생하는 경우가 있어 입양자를 통해 담당 세관사에게 이중 확인을 마친 후 입국장으로 나와 입양자와 만났습니다. • 비용: 입국 시 포터 비용과 팁 약 $25~30. 입국장에서 입양자가 직접 결제합니다. • 온주의 경우, 아프리카 돼지열병 발생 전례가 있는 한국에서 출발했기 때문에 이틀 내에 목욕했다는 확인서를 USDA에 제출했습니다.

위 내용은 'ICNTOHOME'의 도움을 받아 작성되었습니다. (인스타그램 및 트위터 @ichtohome)

굴●여섯

❀ 고속터미널 전광판에 등장!
❀ 굴엔터니까 믿을 수 있어
❀ 당신의 반려견은 나야 나!

굴엔터, 전설로 남다!

고속터미널 전광판에 등장!

온주가 무사히 미국에 도착한 뒤로. 온주의 보호자는 우리에게 '온주가 복덩이'라고 말하곤 했다. 우리도 그 말에 적극 동의했다. 왜냐하면 온주가 두 가지 인연을 이어주었기 때문이다. 그중 첫 번째 인연은 서울고속버스터미널 전광판에 귤엔터 연습생들의 입양 홍보를 해보자는 제안을 받은 것이었다. 그런데 사실 이 덥석 받아도 모자를 제안을 우리는 한 번 거절했다. 서울에서의 일정과 미국 멤버들의 출국 준비로 정신없던 와중이었다. 그때 온주의 전속 계약자에게서 혹시 자신의 지인에게서 SNS 메시지를 받지 않았냐는 연락을 받았다.

그런 일이 없을 텐데 하고 메시지함을 다시 뒤져 보니 얼마 전에 모르는 사람과 주고받았던 메시지가 눈에 띄었다. "온아 입양하신 분을 통해 이야기를 들었다"는 말로 시작하는 메시지였다. 그 메시지에는 디지털 미디어를 통한 프로그램 홍보를 해보면 어떠냐는 말이 적혀있었다. 당시에 온아가 누군지 짐작이 가지 않았고 디지털 미디어를 통한 프로그램 홍보가 무엇을 의미하는지도 잘 모르겠어서 감사하지만 너무 정신이 없어 죄송하다고 거절을 했었다. 종종 뜬금없는 광고성 메시지를 주는 사람들이 있던 터라 대수롭지 않은 메시지인 줄로 알고 흘려보았던 것이었다.

온주 보호자는 웃으며 안 그래도 우리가 거절한 것을 들었다며, 광고회사에서 일하는 지인인데 아무래도 오해가 있었던 것 같다고 다시 연락을 취할 것이라고 이야기해주었다. 그제야 우리는 헐레벌떡 메시지에 다시 답장을 했다. 오해하여 본의 아니게 거절하게 되었는데 죄송하다고 하자, 온주 이름을 하필 잘못 적어서 헷갈렸겠다며 곧 오해를 풀 수 있었다.

며칠 뒤 미팅 자리에서 만난 그분은 온주 보호자를 통해 귤엔터를 알게 되었고 어떻게든 도움을 주고 싶었다며, 준비해온 PPT를 보여주면서 자세한 소개와 제안을 해주었다. 혹시 이상한 사람이라고 또 오해할까 봐 유기견을 키우는 직원까지 함께 대동하여 미팅에 참여했는데, 알고 보니 내로라하는 대형 광고회사 '이노션'에 소속된 분들이었다. 온주의 이야기에 감명을 받아 회사에서 운영하는 전광판 미디어를 통해 가족을 찾는 멤버들의 입양 홍보를 해

귤 여섯

주고 싶다는 것이었다. 회사 사람들이 이미 동의했다며, 해외 이동 봉사 같은 것도 나중에는 더 많이 알려지면 좋겠다고 덧붙이며 우리의 취지에 깊은 공감을 해주었다.

제공해 주겠다는 미디어는 서울 강남 한복판에 있는 서울고속버스터미널과 센트럴시티 쇼핑몰인, 파미에스테이션의 대형 전광판이었다. 규격에 맞게 짤막한 영상을 제작해서 준다면 한 달 간 광고 상영 스케줄에 넣어줄 수 있다는 것이었다. 그리고 마침 곧 추석이 다가오던 시기이니 빠르게 준비해서 유동인구가 가장 많은 시즌을 노려 노출시켜보자고 했다. 더 거절할 이유가 없었기에 감사히 수락하고 제주에 돌아온 우리는 두 개의 짤막한 영상을 만들었다.

하나는 '국내 최초 세계 최초 강아지 아이돌, 반려견 연습생의 전속 계약자를 찾는다'는 내용의 소개 영상이었고, 다른 하나는 '할머니네서 만난 시고르자브종 귀엽다. 다 커버린 시고르자브종은 어떻게 살까요?'라는 우리의 메시지를 담은 영상이었다. 마당에서 주민들이 부어놓고 간 잔반을 먹고 있는 조생의 모습과 가족의 집에서 빛을 받아 아름답게 빛나는 조생의 모습을 이어 붙여 다른 미래를 함께 만들어갈 사람을 찾는다는 내용으로 만들었다.

쇼핑몰 전광판 노출용으로는 '서울체크인' 당시 포스터를 만들어주었던 지인이 규격에 맞게 디자인을 손봐주었다. 8월 마지막 날 광고회사 매니저님으로부터 고속버스터미널과 쇼핑몰의 전광판에 귤멍멍이들의 모습이 상영되고 있는 영상이 도착했다. 일단 오늘부터 9월 한 달간 언제든 가서 볼 수 있을 것이라는 메시지와 함께였다.

서울 고속버스터미널 전광판에 귤멍멍이들이 뜨던 날, 우리는 또 다른 깜짝 놀랄만한 연락을 받았다. '안녕하세요, 혹시 기억하실지 모르겠지만 온주 미국 가기 전날 '성미산알루'에서 뵈었던 사람들입니다'로 시작하는 메시지였다. 그날 온주와 헤어지고 나서 왜인지 귤멍멍이들이 자꾸 눈앞에 아른거리는데 자신들이 반려동물과 살아본 경험이 없어서 입양을 단번에 결정하는 것이 어렵다는 고민과, 곧 출장 겸 여행으로 제주에 방문하는데 혹시 시간을 내어 한 번 멤버들을 직접 만나보고 이야기 나누어볼 수 있냐는 정중한 요청이었다. 기억 한편으로 밀려나 있던 옆 테이블 사람들이 갑자기 떠올랐다. 분명 이들에게 귤엔터 연습생들의 입양을 영업한 당사자였지만 정말로 연락이 올 것이라고는 전혀 생각하지 못했는데, 인연이 이렇게 이어질 줄이야! 우리는 당연히 만나볼 수 있다고 이들의 숙소 근처에서 산책하며 이야기를 나눠보자고 약속을 잡았다. 이것이 온주가 이어준 두 번째 인연이었다.

며칠 후 우리는 감귤, 오렌지와 함께 금능해변에서 설레는 마음으로 서성였다. 저만치에서 조금 긴장한 듯한 얼굴을 한 두 사람이

귤 여섯

서울 고속버스터미널 전광판에 실린 귤엔터 연습생들

걸어오는 것이 보였다. 두 사람의 인사에 오렌지와 금배이사가 신이 나 뛰어오르며 반겼고, 원래 낯을 조금 가리는 감귤도 덩달아 신이 났는지 배를 발랑 까더니 냅다 누워버리는 것이 아닌가. 옳다구나 하며 그 광경을 지켜보고 있었는데 감귤은 한 발 더 나아가 자신을 쓰다듬으라고 발을 허공에 뻗다가 방문자의 무릎에 콩 하고 발도장을 찍었다. 훗날 감귤의 보호자 중 한 명이 말하기로 그 순간 마음이 덜컥 내려앉았다고 한다. 입덕의 순간이었던 것이다.

　두 사람은 감귤과 함께 아름다운 금능과 협재의 바닷가를 걸

고속터미널 전광판에 등장!

었다. 아직 결정을 내리지는 않았지만 입양을 하게 된다면 입양 전제 임시 보호부터 차근차근 시작해보고 싶다고 했다. 늦은 시간까지 함께 시간을 보내며 감귤의 줄을 잡고 걸어도 보고, 가게에서 이야기를 나누는 동안 감귤이 엎드려 쉬는 것도 보더니 많은 걱정이 해소된 것처럼 보였다. 며칠 후 서울로 돌아간 두 사람은 심사숙고 끝에 입양 전제 임시 보호를 하고 싶다고 연락을 보내왔다. 다만 바쁜 일이 끝난 뒤에 모든 물품을 갖춰야 하고 집도 안전하게 세팅하고 산책 모의 연습도 해야 하기 때문에 한 달 후부터 시작하고 싶다는 연락이었다. 우리는 알겠다고 답하고 감귤의 임시 보호 매니저와 회식 겸 만나 진행 상황을 알렸다. 조심성이 많은 가족이라 아직은 어떻게 될지 모르겠다는 우리의 말에 매니저는 명료하게 답했다.

"감귤이랑 살아보면 분명히 입양할 거예요."

한 달 후 감귤을 미래의 가족에게 데려다 주기 위하여 우리는 다시 제주항에 도착했다. 부피가 큰 옷이나 사료는 묵게 될 숙소에 미리 택배를 보내 두어 전보다 한층 차 내부 공간이 여유로웠다. 그동안 서울과 제주를 오갈 때마다 우리가 배를 탔던 이유는 비행기 운행 규칙상 두 사람이 여러 명의 강아지를 동반하여 탈 수 없었기 때문이었다. 단번에 완도에서 서울까지 운전해서 가는 방법 말고 중간에 숙소를 잡아 하루 묵고 가는 방법도 찾아보았지만, 한둘도 아니고 여러 명의 개를 동반하여 묵을 수 있는 숙소는 찾을 수 없었다. 이번 멤버는 금배이사와 감귤, 오렌지 셋으로 아주 단출했다. 비행기를 타고 이동할 수 있는 숫자라서 조금 고민했지만, 아무래도 서울 내에서 편하게 이동하려면 차량이 필수라는 생각에 다시금 배를 타게 되었다. 그래도 이번에는 서울로 가는 길에 어디 좋은 곳에 들러 여유롭게 산책도 하고 휴게소 밥 말고 전라도 맛집도 좀 가보고 편의점 커피 말고 카페에서 테이크아웃도 하고 그러자며 심기일전했다. 그동안 마치 완도와 서울 스케줄을 바삐 오가는 슈퍼스타의 매니저처럼 움직였던 것과 사뭇 다른 여유로운 출발이었다.

우리는 익숙하게 차를 선적하고 배에 올랐다. 목에는 목베개를 두르고, 잠을 자기 편한 복장과 기온이 낮아지면 덮을 얇은 이불을 챙긴 채였다. 탑승하자마자 배에 마련된 식당에서 간단하게 식사를 마쳤다. 배가 출발하면 중간에 인터넷이 끊겨 카드 계산이 되지 않는다는 것을 모르고 쫄쫄 굶었던 과거가 있었기 때문이었다. 배를 채운 우리는 방으로 가 목베개를 베고 편안히 누웠다. 설렌 여행객들의 소란스러움 사이에서 미리 준비해둔 노이즈캔슬링 이어폰도 주섬주섬 꺼내며, 인터넷이 끊겨도 재생이 가능하게 다운 받아둔 백색소음 음원까지 틀었다. 가져온 얇은 이불로 눈과 몸을 감싸자 완벽한 환경이 조성되었고 곧바로 깊은 잠에 빠져들 수 있었다.

조용히 흔들리는 배 안에서 단잠을 자고 일어나자 곧 도착한다는 안내음이 들렸고 우리는 헤매는 사람들을 유유히 지나 출구 앞에 줄을 섰다. 완도항에 내려 우리 집처럼 편안한 장보고 공원으로 가서 간단한 산책을 했다. 잔디가 넓고 풍광이 아름다워 매번 멤버들의 산책 코스로 들렀던 곳이다. 그리곤 출발하여 군산에 멈춰서 습지생태공원을 여유롭게 걸었고, 우리의 소원대로 식당에서 밥도 먹고 커피도 마셨다. 지난 1월 첫 서울 여정 길에 왜 그렇게 울었는지, 그렇게 울 때만 해도 이렇게 모든 일이 흘러갈 줄은 몰랐다고 한참 이야기를 나누며 운전을 계속했다.

우리의 목적지는 서울 호남선 고속버스터미널이었다. 그동안 다른 사람들이 보내준 사진으로 계속 보긴 했지만 실제로 전광판을 보고 싶었기 때문이다. 사람들은 직접 가서 보니 너무 찡하더라는 말을 전해주거나, 저 영상에 나오는 강아지를 안다고 주변에 자랑하고 싶었다고도 했다. 한 귤청자는 근처 직장에서 일하는데, 스트레스 받을 때마다 나와서 영상을 보고 힐링을 하고 간다고도 했다. 명절에 앞서 시골에 가는 길에 본인 방문 인증샷을 보내주는 귤멍멍이 가족도 있었다. 우리는 그날 저녁 늦게 되어서야 고속버스터미널에 도착했다. 문을 닫고 불이 꺼지는 상가들을 지나쳐 조금 헤매다가 겨우 전광판 앞에 도착해, 카드 광고나 옷 광고를 보며 우리의 영상이 나오길 기다렸다. 마침내 13개의 탑승구 전광판에 동시에 상영되는 모습을 마주했다.

조생이 마당의 플라스틱 집에서 코만 내밀고 있는 사진을 큰 화면으로 보고 있자니 울컥하는 기분이 들었다. 그리고 조금 걸어가 설치된 대형 전광판을 보았다. 아케이드의 2층 높이로 설치되어있는 거대한 전광판이었는데 생각보다 너무 커서 깜짝 놀랐다. 잠시 기다리자 그 거대한 화면에 멤버들의 얼굴이 가득 채워졌다.

지난 봄 일곱 멤버의 가족을 겨우 찾아 주었는데도 아직 남은 멤버들의 숫자가 열 손가락을 넘어가던 때, 손가락으로 연습생들의 숫자를 헤아리는 것도 두려웠던 때가 있었다. 우리가 감당하지 못한 일을 벌인 것 아닐까 하는 불안감과, 감당하지 않으면 이들의 죽음을 마주하게 될 것이라는 두려움이 번갈아 찾아왔다. 그 와중에 우리의 삶조차도 예기치 못한 방향으로 흐르고 있다는 당혹스러움까지. 아직 남아있는 일의 크기를 한꺼번에 생각하다 보면 너무 막막해져서, 그냥 미래를 생각하지 말고 그때그때 눈앞의 일들만 해치우자는 생각으로 하루하루를 지나왔던 것이다.

하지만 전광판 속에 몇 초 간 정지해 있는 멤버들을 가만히 바라보고 있자니, 문득 지나온 길을 되돌아 보는 기분이었다. 아무도

전광판 속 멤버들을 가만히 바라보고 있자니
지나온 길을 되돌아 보는 기분이었다.

관심을 주지 않을 것 같던 제주 시골 마당개와 들개 새끼들의 얼굴이 서울 한복판에서 광고까지 되고 있다니. 이렇게 되기까지 얼마나 많은 고민과 기도를 했던가. 그리고 얼마나 많은 사람들이 수많은 방법으로 손을 내밀어주었던가. 불과 일 년도 채 되지 않는 시간 속에 벌어진 일들이었고, 그 안에서 만난 여러 사람들의 얼굴이 주마등처럼 머릿속을 스쳐 지나갔다. 탱자가 죽은지 반년이 지났다. 그동안 숨 가쁘게 보낸 시간들이 머릿속에 밀려들어왔다. 이제 한시름 놓아도 되겠지. 우리는 한동안 그곳에 앉아 오래도록 화면을 바라보았다.

귤엔터니까 믿을 수 있어

　감귤이 이동한 다음날, 도심에서 보기 힘든 중형 믹스견들이 서울 마포구의 한 공원으로 하나둘 모여들고 있었다. 닮은 듯 묘하게 다른 개들이 모여 들자 주변을 지나던 사람들이 힐긋거리기 시작했다. 뭐 하는 모임이냐고 묻는 사람도 있었다. 감귤이 서울에 입성한다는 소식에 주변에 살고 있는 귤멍멍이 가족들이 한 자리에 모인 것이었다.

　원래는 개와 처음 살아보는 감귤이의 신입 매니저들에게 산책하는 법을 알려주려고 잡은 약속이었다. 이왕 만나 걷는 김에 근처에 사는 귤멍멍이 보호자들을 소개해주어도 좋을 것 같아 귤타운에 알렸더니, 사람들이 너도나도 시간을 내어 함께하겠다는 의지를 내비쳤다. 그러다 보니 명절 친척모임 마냥 왁자지껄 큰 모임이 되어 있었다. 개들과 사람들 모두 인사를 나누고 그간의 안부를 물었다. 개들이 씨름하고 노는 것을 바라보며 그동안 얼마나 컸는지 이야기를 나누기도 하고, 각자 챙겨온 간식을 나눠 먹거나 최근 쇼핑한 것들에 대한 정보를 나누기도 하며 함께 공원을 거닐었다. 최근 클리커 교육을 시작한 유자 보호자는 클리커에 달린 고무줄로 머리를 묶고 있었고, 하네스에는 귤 모양 액세서리를 하고 있었다. 자세히 살펴보니 다들 어딘가에 귤 모양 액세서리나 인식표를 달고 있거나 귤색 계열의 목줄을 하고서 제각각 귤엔터의 정체성을 간직하고 있었다.

시간이 맞지 않아 참여하지 못한 가족들은 다음 주에 약속을 잡아 다시 만났다. 비가 하루 종일 부슬부슬 내리던 날이라 제각각 알록달록한 우비를 쓴 개들과 사람들이 횡단보도를 건너는 모습이 사뭇 웅장하면서도 귀여웠다. 도대체 이틀간 몇 명이나 모인 거야? 우리는 모인 멤버들의 이름을 부르며 숫자를 세어보았다. 개들만 열 손가락이 훌쩍 넘어가던 때를 떠올리자, 손가락으로 수를 세는 것만으로도 막막함이 몰려오던 순간이 다시 생각났다. 그때는 괴롭던 것이 이제는 그렇지 않았다. 오히려 행복한 일처럼 느껴졌다. 언제 이렇게 변했을까? 아직 레몬과 오렌지가 남아있고 감귤이가 입양 전제 임시 보호처에서 잘 적응해야 하는 일도 남아 있었지만 어쩐지 감격스러웠다. 작년 11월에 마당에서 멤버들을 우연

서울 나들이를 나온 감귤

히 발견하고 길거리 캐스팅한 뒤로 어느새 1년이 다 되어가고 있었다. 그 개들이 이제는 저마다 가족을 대동하고 걸어가는 모습을 보고 있자니 서울 도심과 낯선 듯 또 제법 잘 어울려, 어딘가 농담 같은 풍경이었다. 우리가 지난 1년간 부딪혀온 편견들, '저런 시골 잡종개를 그렇게까지 잘 키우는 사람이 어디 있겠냐' '그렇게까지 잘 살 필요가 있냐' 묻던 사람들에게 '이것 봐, 가능하잖아!'라고 웃으며 답하는 기분이 들었다.

우리는 서두르지 않고 감귤이 새로운 곳에서 잘 적응하는 것을 확인한 뒤에 돌아갈 마음을 먹고 있었다. 감귤을 포함하여 마당에 오래 묶여 살았던 노지감귤즈 멤버들은 구조 후 산책할 때 줄을 잡고 있는 사람을 마치 기둥처럼 대하는 순간이 있었다. 목줄이 제자리에 단단히 묶여 있을 것이라고 가정하고 순간적으로 온 무게를 실어 당긴다거나, 마당에서처럼 팽팽해진 줄의 끝에서 원형으로 몸을 이동한다거나 하는 행동들이었다. 감귤은 임시 보호처에서 인간이 줄을 잡은 채로 함께 걷는 것을 매일 연습하는 중이었다. 하지만 혹시라도 낯선 도시 환경에서 새로운 자극을 받아, 예전 묶여 있을 때의 방식으로 튀어나갈 경우 줄을 놓쳐 버릴지도 모른다는 걱정이 있었다. 그래서 이런 부분에 대해 새 매니저들에게 충분히 설명하고 예방하는 시간을 가지고 싶었던 것이다. 산책이 익숙해질 때까지는 목줄과 하네스를 단단한 금속 고리나 안전줄로 연결하여 산책할 것을 권하기도 했다.

감귤의 배변도 걱정거리 중 하나였다. 묶여 사는 마당개들과 산책을 해보면 어떤 개들은 강박적으로 끊임없이 마킹을 하는 반면, 어떤 개들은 배변을 하는 것에 무척 조심스러워했는데 감귤은 후자였다. 마당에서 하루 종일 배변을 참다가 쏟아내듯이 하던 것이 버릇이 되었는지 임시 보호처로 이동하고 나서도 산책 중에 배변을 하는 데에 항상 오랜 시간이 걸리곤 했다. 한참 걸어간 다음, 배변할 것처럼 자리를 골라 땅을 파고 겨우 자리를 잡는가 싶다가도, 주변에 사람이라도 지나가거나 저 멀리 개가 짖는 소리라도 들리면 다시 일어나 한참을 걸어 배변 자리를 찾곤 했다.

지난 여름에 처음 서울에 왔을 때에는 완도항 근처 잔디에서 배변을 한 뒤로 서울에서 사흘 동안 단 한 번의 소변조차 보지 않아 혀를 내두른 적도 있었다. 여름이라 더웠는지 물은 끊임없이 마시면서도 배변은 보지 않아서 도대체 그 많은 물이 어디 있는 거냐며 애꿎은 감귤의 배만 마사지하곤 했다. 나흘째 되던 날 여느 때처럼 산책 후 숙소로 들어가는 화단 앞에서 감귤이 불안한 듯 서성이기 시작했다. 몇 번이나 자리를 오가며 배회하던 감귤은 하필 개미집이 있는 화단 쪽에서 자리를 잡기 시작했다. 그대로 서 있으면 감귤이 파는 흙에 맞을 것 같았다.

하지만 그토록 기다리던 배변 신호였기에 움직이기도 조심스러웠다. 아니나 다를까 배변에 몰입한 감귤이 신명나게 파헤치기 시작한 흙이 우리에게 날아왔다. 혹여 그 몰입이 깨질까 우리는 감귤이 내던지는 흙과 개미들이 운동화 안으로 들어가는 것을 보고도 묵묵히 맞고 있을 수 밖에 없었다. 그날 이후로는 다행히도 서울 여기저기 돌아다니며 하루에 여러 번씩 배변을 하기 시작하더니, 제주에 돌아온 뒤로는 한결 편해졌다고 매니저가 기뻐하기도 했었다.

감귤의 새 매니저들에게 이러한 이야기를 미리 전하자, 이들은 동네를 샅샅이 뒤져 감귤이 좋아할 만한 배변 장소 후보지를 몇 개 선정해 두고 우리를 기다렸다. 감귤이 이동하던 날 동네를 산책했는데, 이들이 골라 둔 첫 번째 후보지에서 하루 만에 배변에 성공하는 것을 보며 우리는 신입 매니저들의 배변 자리를 고르는 안목에 박수를 보내지 않을 수 없었다. 감귤은 우리의 걱정보다 훨씬 더 도시에서의 새로운 삶을 잘 받아들였다. 입양 전제 임시 보호도 문제없이 하루하루 순조롭게 진행되었다. 우리는 마침 오렌지의 사회화를 겸하여 서울의 여기저기를 쏘다녔는데, 감귤과도 자주 만나 도심 공원을 산책하곤 했다. 얼마 후 이제는 익숙해진 산책 모임을 마치고 식사를 하던 중 감귤의 입양을 최종 결정했다는 이야기를 들을 수 있었다. 예상했던 일임에도 막상 들으니 울컥했지만, 그것도 잠시, 우리는 데뷔 발표 사진을 어떤 콘셉트로 찍을 것인지 신나서 이야기를 나누었다.

감귤의 입양 신청자들은 입양을 결정하기 전부터 감귤이의 별명을 '마마 감귤'로 지어놓고 있었다. 제주탠져린즈의 '엄마'라는 의미와 극진히 보살피겠다는 '마마님'의 중의적 표현이라고 했다. 세계관은 점차 발전해 두 사람은 마마님의 최측근인 지밀상궁⁕과 상선⁕⁕으로 스스로를 부르기 시작했다. 우리는 세계관에 충실하게 데뷔 기념 사진을 촬영하기로 마음을 모았고, 며칠 후 경복궁 앞에서 다시 만났다. 전속 계약자 두 사람은 예약해둔 한복 대여점에 다녀오기 위해 감귤을 우리에게 맡기며, 의상이 선착순이라 혹시 상궁 옷과 내시 옷을 다른 누가 이미 가져갔다면 못 입을 수도 있다고 걱정을 토로했다. 주위를 둘러보았는데 모두 왕이나 공주 옷을 입고 있었다. 눈을 씻고 찾아보아도 상궁과 내시 옷을 입은 사람은 보이지 않으니 걱정하지 않아도 될 것 같다며 우리는 이들을 안심시켰다.

잠시 뒤 환복을 마친 지밀상궁과 상선이 당당하게 나타났다. 옷

⁕　조선 시대에 항상 왕을 따라다니면서 어명을 기다리던 상궁.
⁕⁕　조선 시대에 왕이 먹을 식사를 관장하던 내관.

🐺🐶🐻🐕🐕　귤 여섯

차림 때문이었는지 몰라도 어딘가 몸가짐조차도 단아하며 정갈했고, 그대로 경복궁 안으로 출근해도 이상하지 않은 모습이었다. 정작 감귤은 주문 제작 한복이 아직 도착하지 않아, 서양 제복 스타일의 케이프 액세서리를 걸친 채였다. 그런 감귤을 앞세워 경복궁 담을 따라 걷는 너무나 진지한 두 사람의 모습이 현대 퓨전 사극의 한 장면 같아서 웃지 않을 수 없었다.

마당에 처음 방문했던 날 막 제주탠져린즈를 출산하고 얼마 되지 않았을 때의 감귤의 얼굴이 떠올랐다. 몸은 갈비뼈가 보일 정도로 비쩍 말랐고, 얼굴에는 정말이지 피로가 가득했다. 제주만다린즈가 태어났을 즈음에 감귤은 마당에 들어온 누군가와 싸웠는지 콧잔등에 상처가 나있고 송곳니가 빠져있는 상태였다. 파보 바이러스에 걸려 항생제를 먹이던 때에는 감귤이 개집 안에 모로 누워 있는 모습을 보면 심장이 내려앉고는 했다. 가만히 자고 있는 감귤의 이름을 부르지도 못하고 배가 들쑥날쑥 움직이는 것을 확인하고서야 안도했던 적도 있었다.

그랬던 감귤이 마마님으로 데뷔하다니. 우리가 좋아하는 감귤의 에피소드 중 하나는 병원 이야기이다. 입양 초반에 두 사람은 초보 보호자인데다가 걱정이 많아, 감귤에 대해 걱정되는 것들을 A4 용지에 빼곡하게 적어 동물병원에 찾아가곤 했다고 한다. 그럴 때마다 수의사는 별로 걱정할 일이 아니니 그냥 가서도 된다고 했는데, 그래도 자꾸만 진료실을 떠나지 못하고 걱정 어린 질문을 연발하자 수의사가 웃으며 소리를 질렀다는 것이다.

"그냥 가!"

감귤의 적응을 도우며 우리는 그 밖에도 산책에 어려움을 겪고 있는 귤멍멍이 보호자들과 만나 함께 산책해보는 시간을 가졌다. 조금 여유가 생긴 덕에 산책 후에도 오랜만에 웃고 떠드는 시간을 가지기도 했다. 그리고 우리가 임시 보호 중인 제주만다린즈 오렌지 외에 마지막 남은 임시 보호자, 레몬 매니저들과도 몇 번 만남을 가졌다. 레몬 매니저들은 한창 팬미팅 준비로 정신없던 차에 임시 보호를 시작했던 데다가 아직까지 레몬의 입양 문의가 전무한 상황이라 힘들지는 않을지 걱정이 되었다. 그동안 레몬 매니저가 매일매일 '임보 n일차' 기록을 남기며 정성을 다해 입양 홍보를 해주는 것이 고맙기도 했다. 사실 홍보글에 레몬에 대한 애정이 느껴지다 보니 종종 주변 사람들이 우리에게 레몬 매니저들이 레몬이를 입양할 생각은 없는지 물어왔다. 우리도 더할 나위 없는 입양처라고 생각하고는 있었지만, 누구보다 매니저들 스스로 가장 많은 고민을 하고 있을 것 같아 말을 아끼고 있었다.

그동안 우리는 입양을 망설이던 사람들이 용기낼 수 있도록 적극적인 응원을 보내곤 했다. 개와 살아본 경험이 없어 막연한 걱정을 하는 경우나 함께 잘 사는 것에 대한 고민을 하는 경우라면 우리가 할 수 있는 최대한의 지원과 지지를 보내 함께 해결하고 싶었기 때문이다. 하지만 동시에, 부담감에 떠밀려 어쩔 수 없이 입양을 결정하는 것은 경계하고 싶었다. 그럴 경우 개도 사람도 불행해질 수 있다고 생각했기 때문이다. 고민을 함께 나누고 지지는 하되 한 생명의 평생을 책임지는 결정에 대해서는 결국 본인의 선택에 집중하길 바랐다.

그러나 곧 레몬의 임시 보호 종료일이 다가오고 있었다. 새로운 임시 보호처를 찾을지 결정해야 했기에 우리는 조심스레 레몬 매니저들에게 혹시 입양 의사는 없는지 물어보았다. 돌아온 대답은, 사실 고민하지 않았던 건 아니지만 본가에서 반려 중인 노견에게 집중하고 싶어 레몬의 입양을 하지 않기로 했다는 것이었다. 우리는 알겠다고 하고, 임시 보호 종료 전에 회식 자리나 한 번 갖자고 이야기를 마무리했다. 한편으로는 대화 중에 어딘가 찰나의 망설임이 느껴지기도 하고 고민이 엿보이기도 하여 조금 더 이야기를 나눠보고 싶은 마음도 있었다. 만약 그런 거라면 더 열심히 입양 홍보를 한다고 해도, 현재 매니저들보다 나은 전속 계약자를 찾을 수 없을 것 같다는 생각에 좀 더 이야기를 나눠보면 좋을 것 같았다.

마침 레몬 매니저들이 팬미팅으로만 가보았던 '성미산알루'에 방문해보고 싶다고 하여 반갑게 약속을 잡았다. 근처에 사는 귤멍멍이 가족들 중에도 시간 되는 분들이 있으면 함께 만나기로 하였다.

며칠 후 근처에 사는 귤멍멍이들과 그 가족들이 역시나 웅성웅성 모여들었다. 근처 공원에 일찌감치 모여 함께 산책도 하고 삼삼오오 이야기도 나누며 가게로 향하는 길에 사람들은 한 명씩 우리에게 슬그머니 다가와 그래서 레몬이네는 입양할 의사는 없는 거냐고 물었다. 우리는 그렇지 않아도 며칠 전 만나 조심스럽게 물어보았다고 아마 오늘도 이야기하게 될 거 같다고 했다. 모두 이해했다는 듯 비장하게 고개를 끄덕였다. 가게에 도착해서 한참 정신없이 하하호호 이야기를 나누던 도중, 누군가 운을 떼었다.

"혹시 정말 입양은…."

그렇게 시작된 질문에, 시끌벅적 이야기를 나누고 있던 현장이 갑자기 조용해지며 모두가 기다렸다는 듯 레몬 매니저들을 향해 고개를 돌려 앉았다. 모두가 궁금한데 차마 묻지 못하고 있었던 것이었다. 그 반응에 레몬 매니저는 웃음을 짓더니 안 그래도 물어볼 줄 알았다며 여러 가지 고민에 대해서 솔직하게 이야기를 풀어놓

🐱🐶🐻🐶🐶

왔다. 그러자 듣고 있던 사람들이 바로 몇 개월 전에 비슷한 고민을 했던 당사자로서 깊은 공감을 표하며 각자 자신만의 해법을 이야기해주었다.

사람들은 귤엔터에서 입양하면 좋은 점에 대해서도 술술 읊어주기 시작했다. 귤멍멍이라는 연결고리를 통해 혼자 키우지만 혼자 키우지 않는다는 연결감이나 심리적 안정감이 크게 든다고도 했고, 동배들이 많다보니 생애 주기가 비슷해서 내가 하는 고민을 누군가 가까이에서 같은 온도로 하고 있다는 것이 실제로 큰 힘이 된다고도 했고, 언제든 위급 상황이 되었을 때 도움의 손길을 뻗을 수 있다는 점이나 여러 가지 정보를 공유할 수 있다는 점 등에 대해 이야기해 주었다. 가만히 이야기를 듣던 레몬 매니저들이 자신들도 사실 귤엔터여서 임시 보호를 결심했던 것이라고 말해 주었다. 애초에 다른 유기동물 관련 단체처럼 결혼한 이성애자 부부를 기준으로 임시 보호나 입양 조건을 두지 않아 신청이 가능했던 데다가, 입양 홍보 속에 동물을 대하는 태도가 잘 느껴져 응원하던 차에 임시 보호를 결심하게 되었다는 것이었다.

우리가 신문에 쓰는 글들도 잘 보고 있다며, 한 자 한 자 꾹꾹 눌러 쓰는 것이 느껴진다고 하기에 우리는 어떻게 알아보았냐며 한참 웃었다. 귤멍멍이 가족들의 네트워크도 너무 좋은 것 같다는 말

아이들 하나하나의 육아를 기록한 사진과,
인권을 갈아 견권을 완성시켜주는 소속사!

저는 귤엔터와 귤가족의 존재입니다! 혼자 키우지만 절
대 혼자 키우고 있지 않은 것 같은 안정감. 언제든 뻗을
수 있는 도움의 손길. 그리고 연결감!

정말 혼자였다면 키우겠다는 다짐도 못했을 것 같아
요. 설령 어떻게 키우게 되었다한들 계속 불안감에
시달렸을 거 같아요. 나 비혼 1인 가구인데 어떡하
지? 책임 어떻게 지지? 얘 어떻게 다 크지? 하면서
온갖 상상으로 영원히 동공지진 했을 듯!

제 개인적으로 느낀 귤엔터를 통한 입양의 장점이에요!
- 상세하고 구체적인 입양 상담
- 입양 전 연습생 미팅 및 산책 체험 프로그램
- 귤엔터 대표 및 매니저를 통한 연습생 사전 교육 및 연습생에 대한
  상세한 정보 제공
- 입양 후 전속 계약자 및 데뷔견의 적응까지 지원하는 꼼꼼한 케어

귤엔터 가족들이 실제로 보내 준 메시지들

에 사람들이 다시 이야기를 이어나갔다. 오고 가는 이야기를 듣다 보니 우리마저 묘하게 고개가 끄덕여졌고, 그곳에 있던 사람들이 누구보다도 우리의 말에 귀기울여 주고 있었던 사실도 새삼 깨닫게 되었다. 개에 대해 비슷한 관점을 가진 사람들과 편하게 이야기를 나눌 수 있는 자리에 있다는 것이 뜻깊게 여겨지는 시간이었다. 레몬 매니저들과 전속 계약으로 이어지지 않더라도 좋은 사람들을 알게 된 것 같아 기뻤다. 귤멍멍이들에게 좋은 가족을 찾아주려던 것인데, 뜻밖에 우리까지도 좋은 사람들과 연결된 것 같아 행복한 밤이었다.

당신의 반려견은 나야 나!

　가을의 어느 날, 크라우드펀딩 플랫폼 '와디즈'의 한 직원으로 부터 메시지를 받았다. 내용인즉슨, '와디즈'에서 후원 펀딩이라는 서비스를 시작하며 회사 내부에서 팀 별로 프로젝트를 추진하는 데, 후원 대상을 귤엔터로 하고 싶다는 것이었다. 어떻게 알고 제안을 주었는지 감사한 일이었지만 우리는 멤버들이 중성화 수술도 모두 완료한 상태라 당분간 크게 비용이 들어갈 일이 없을 것 같아 거절하려고 했다. 하지만 '와디즈'에서는 "펀딩 준비는 모두 저희가 합니다. 후원금을 받기만 하세요."라고 하는 것이 아닌가. 그렇다면 무얼 할 수 있을지 한 번 고민을 해보기나 하자는 생각이 들었다.

　그즈음 우리는 남은 멤버들의 팬미팅을 또 해야할지 이야기를 종종 나누곤 했다. 지금까지의 패턴으로 보아하니, 사람들은 보통 어떤 계기가 있을 때 입양을 결정한다는 것을 알았기 때문이다. 지금 머물고 있는 곳에서 다른 곳으로 이동해야 할 때라든지, 팬미팅에서 직접 만났을 때라든지. 하지만 감귤이의 데뷔도 유력한 마당에 과연 오렌지와 레몬 두 멤버만으로 팬미팅을 하면 누가 올까 하는 생각에 망설이고 있던 것이다.

'와디즈'의 제안을 받고, 문득 팬미팅의 규모를 조금 키워서 해볼 수 있지 않을까 하는 생각이 들었다. 그동안 몇 번의 팬미팅을 하는 동안 같은 업계에 있는 사람들에게서 기회가 되면 자신이 임시 보호 중인 개와 함께 참여하고 싶다는 연락을 받았던 것이 생각났다. 오프라인에서 개들과 직접 만나보는 것이 입양으로 이어지는 좋은 기회가 될 수 있다는 것을 알았기에, 그런 기회를 갖기 어려운 구조견들과 함께 자리를 만들어보아도 좋겠다는 생각이 들었다.

우리의 엔터테인먼트 콘셉트를 살려서 다른 가족 찾는 강아지들도 반려견 연습생이라고 소개하여 행사의 모양을 갖추면 재미있을 것 같았다. 각기 다른 소속사의 연습생들을 소개하는 자리를 어떻게 부르면 재미있을지 고민하다가 한때 유행하던 오디션 프로그램이나 아이돌 경연 프로그램이 떠올랐다. 다양한 엔터테인먼트 소속 연습생들이 나와서 경연을 펼치는 것과 그림이 비슷하지 않냐며 우리는 어느새 맞장구를 치고 있었던 것이다.

만약 이렇게 여러 구조견들을 모아 행사를 한다면 기존 팬미팅

'공간와디즈'를 장식한 귤멍멍이 포스터

과 가장 다른 점은 아무래도 서로 처음 만나는 개들이 한 자리에 모인다는 사실이었다. 낯선 개들이 서로 스트레스를 주고받지 않고 편안하게 함께 있을 수 있으면 좋겠다는 생각이 들었다. 그러기 위해서는 일단 개들의 퍼스널 스페이스를 지켜줄 수 있는 넓고 쾌적한 행사 장소의 확보가 중요할 것 같았다. 이쯤 되자 우리는 몇 년 전 서울 성수동에서 금배와 놀러간 적 있는 '공간와디즈'가 떠올랐다. 분명 널찍한 마당이 있었고 반려견의 동반 출입이 가능한 곳이

귤 여섯

었다. 서울숲공원과도 가까워 앞뒤로 개들의 산책을 하기에도 딱이었다.

얼마 후 '와디즈' 팀과의 미팅을 위해 말로만 듣던 판교 테크노밸리에 방문했다. 인사도 나누고 펀딩에 대한 이야기를 나누기로 한 것이었지만, 내심 우리의 목표 중 하나는 '공간와디즈' 대관에 도움을 받는 것이었다. 다정하게 맞이해준 '와디즈' 팀에서는 우리의 취지에 적극 공감을 표하며 공간운영팀과의 소통을 도와주겠다고 나서 주었고, 결국 대관료의 상당 부분을 할인해주는 형식으로 후원과 대관을 진행해주겠다는 연락을 받았다. 가장 중요한 공간이 마련된 것이다. 대관이 확정됨에 따라 날짜도 자연스럽게 정해졌는데, 정해놓고 보니 공교롭게도 작년 쓰레기 더미 마당에서 탠져린즈 멤버들을 구조했던 날이었다. 운명의 장난처럼 귤엔터의 창립 기념일에 맞춰 행사가 열리게 된 것이다.

행사를 준비하며 우리는 이전 팬미팅에서 아쉬웠던 부분도 보완하자는 이야기를 나눴다. 그동안 팬미팅에 참여했던 귤엔터 연습생들 중에 겁이 없고 낯선 환경에 쉽게 잘 적응하는 성향의 멤버에게는 행사가 재미있는 자리였겠지만, 겁이 많고 조심스러운 성향의 멤버에게는 낯설고 당황스러운 기억으로 남아있을 수도 있겠다는 이야기를 종종 나눠왔기 때문이었다. 특히 지난 번 팬미팅에서 오렌지가 처음 경험하는 대도시의 쏟아지는 자극에 놀라기도 했던 터라, 우리는 오렌지처럼 잘 놀라는 개에게까지 편안한 행사이자 좋은 사회화 경험의 일환이 되는 행사를 만들자고 다짐했다. 대부분의 반려견 관련 행사가 인간의 관점에서 기획되는 것과 달리, 개들의 관점에서 편안하고 좋은 경험이 될 수 있도록 행사를 준비해보자는 것이었다.

우선 함께 참여할 개들에게 보낼 제안의 내용을 작성했다. 엔터테인먼트 콘셉트에 대한 설명부터 개들의 관점에서 편안한 행사가 됐으면 좋겠다는 내용을 정리했다. 처음 만난 개들끼리 한 공간에 몇 시간 동안 함께 머물러 있어야 하고 수시로 낯선 사람과 개가 방문 할테니, 참여견들의 긴장도를 낮추기 위해 반드시 행사 전에 산책을 함께 하자고 제안했다. 그밖에도 참여하는 개들의 성향이나 주의할 점에 대해 사전에 공유하고, 함께 지킬 규칙도 간단히 만들어 공유했다.

무엇보다 우리가 회심의 아이디어로 생각했던 것은 바로 반려견 전문 트레이너를 모셔와, 현장 관리를 부탁하는 것이었다. 행사 현장에서 참여견들끼리의 관계, 행사장에 방문한 개들과의 관계, 개와 인사하는 것이 서툰 사람들과의 관계에 적극 개입하여 편안한 분위기가 이어질 수 있도록 개와 관련한 전반적인 운영을 맡아준다면 개들도 사람도 훨씬 안심될 것 같았다. 다행히 취지에 공감한 반려견 트레이너 두 분이 선뜻 도움을 주겠다는 답을 해주었다.

귤 여섯

우리는 이 트레이너들을 '강아지친구들', 줄여서 '강친'이라 부르기로 했다. 예전 아이돌 경호팀의 이름이 '강한친구들'이었던 것을 패러디한 것이었다.

행사에 함께할 참여견들도 모집했다. 소식을 듣고 함께하고 싶다고 신청을 해온 사람도 있었고 우리가 임시 보호하는 사람들의 게시글을 찾아보며 직접 캐스팅을 하는 경우도 있었다. 우리의 캐스팅 우선 기준은 귤엔터의 연습생들처럼 상대적으로 사람들이 선호하지 않아 입양 기회가 적은 중대형 잡종견, 그리고 혼자서 입양 홍보 행사에 참여할 기회를 갖기 힘든 우리와 같은 개인구조자나 임시 보호자들이 보호 중인 개들이었다. 여러 임시 보호자들과 메시지로 연락을 주고받는 와중에 최근 입양이 확정되어 곧 소식을 알릴 예정이라거나 임시 보호자 본인이 입양할 생각이라는 기쁜 소식을 듣게 되는 경우도 있었다. 축하의 말을 전하고 우리 멤버들도 이번 행사를 통해 꼭 가족을 만났으면 좋겠단 덕담을 듣기도 하며 행사에 참여하는 개들이 얼추 정리되었다. 참여가 확정된 반려견 연습생은 총 아홉 명이었다. 이들의 이름이나 구조환경 등 정보를 쭉 놓고 보니 저마다의 사연에 탄식이 절로 나왔다.

호크라는 개는 제주에서 얼굴에 작살이 관통된 상태로 구조된 개였다. 악의를 가진 사람에 의해 생겼을 것이 분명한 상처는 얼굴 한 쪽을 일그러트릴 정도로 컸지만 다행히 지금은 잘 회복하여 눈썹처럼 남아 있었다. 봄비라는 개는 시 보호소의 작은 견사 안에서 빙빙 도는 정형 행동을 하다가 안락사 직전에 구조된 개였고, 연유와 버터는 6개월이라는 어린 나이에 시 보호소의 연계 병원에서 이유를 알 수 없는 관절 수술을 당한 채 방치된 상태로 발견되어 구조된 자매였다. 독특한 오드아이로 눈길을 끌던 오드는 1미터 줄에 묶여 잔반을 먹던 마당개였고, 보리는 젖먹이 시절 사설 유기견 쉼터에 입소하여 4살이 되도록 가족을 기다리며 지내고 있는 개였다. 서울 마포구의 동네 뒷산에 유기된 개에게서 태어나 들개로 살아온 곰지도 있었다. 곰지는 엄마개를 산에서 잃고 자매와 함께 구조되어 사람과 살아가는 법을 배우고 있었다. 그리고 쓰레기 더미 마당에 묶인 개와 떠돌이개의 사이에서 태어나고 자란 레몬과 오렌지가 있었다. 이들의 사연이 각양각색으로 불행했다. 특별한 사연이 있는 멤버들로 구성한 것이 아니었음에도 그랬다. 그저 개들의 삶 안에 불행이 도처에 있었다.

그 불행이 지속되지 않았으면 좋겠다는 바람으로 이들을 구조한 사람들과 함께 준비한 행사의 제목은 바로 '당신의 반려견은 나야 나!' 이름하여 유기견 엔터들의 연합 오디션이었다. 구조자들과 임시 보호자들이 홍보물 제작부터 행사 물품 협찬까지 시간과 마음을 쏟아 행사를 준비했다.

그리고 펀딩에 참여해준 사람들을 비롯하여 물품을 후원해준

유기견엔터연합오디션 당일,
나란히 놓인 등신대와 오렌지

기업 등 여러 도움의 손길이 있었고, 귤멍멍이 보호자들이나 오랜 귤청자들도 손을 보태주었다. 이틀 간 진행된 행사 당일. 걱정 했던 것과는 다르게 날씨가 매우 화창하고 따뜻했다. 약속대로 참여견들은 행사보다 일찍 모여 서울숲 공원에서 산책을 마친 뒤 평화롭게 행사에 참여했고, 날씨 좋은 주말 성수동 골목을 지나는 많은 사람들이 현장에 방문하여 멤버들과 인사를 나누고 SNS에 홍보글을 올려주기도 하였다. 진짜 케이팝K-POP 아이돌이 방문하여 연습생들에게 프로다운 응원과 홍보를 해 주는 일도 있었다.

오디션 현장의 모습은 일반적으로 유기견 입양 행사를 상상했을 때 떠오르는 모습과는 역시나 달랐다. 개들은 작거나 여리지도 않았고 불쌍해 보이지 않았다. 그저 저마다의 엔터테인먼트에서 소속 연습생의 퍼스널컬러와 캐릭터를 고려하여 마련한 의상을 입고 '공간와디즈'의 앞마당을 누비며 자신만의 개인기와 매력을 뽐내고 있었다. 마당에 들어서던 행인 중에는 큰 개들이 많은 것을 보고 깜짝 놀라는 사람도 있었는데, 그럴 경우 준비한 전단지를 나눠주며 설명을 덧붙였다.

> *"안녕하세요, 가족 찾는 유기견들인데요, 반려견 연습생이라*
> *가족 찾으러 오디션을 보러 왔다는 콘셉트를 가지고 있어요."*

귤 여섯

행사를 위해 준비한 귤엔터 포토카드

그러면 다들 하나같이 웃음을 터뜨리고는 다정한 눈으로 연습생들에게 인사를 건넸다. 도시 한복판에서 쉽게 만나기 힘든 크고 작은 잡종개들이 여럿 모여 있는 모습에 느낀 당혹감이나 편견이 순식간에 허물어지는 것이 느껴졌다. 사람들은 금세 세계관에 몰입하여 "너무 매력적이다." "과즙상이다!" "꼭 데뷔하라."고 아낌없이 응원을 보내주었다. 연습생들의 발짓 하나, 점프 하나에 아이돌 팬들처럼 환호를 보내주기도 했다. 아마 그 자리의 누구도 연습생들을 보며 밖에서 막 키워도 되는 개라거나, 상처 받아 불쌍한 애들이라고 생각하는 사람은 없었을 것이다. 1년 전 쓰레기 더미 마당이 떠올랐다. 우리는 그때와 사뭇 다른 마당에 있었던 것이다.

행사를 마치고 가장 먼저 반려견 데뷔에 성공한 연습생은 마당개 출신의 오드였다. 행사 소식을 듣고 전부터 관심을 가지던 사람이 이틀 동안 방문한 끝에 입양을 결정했던 것이다. 그리고 놀랍게도 행사 이후 두 번째로 데뷔한 연습생은 우리 귤엔터 소속 레몬이었는데, 입양자는 다름 아닌 레몬 매니저들이었다. 매니저들은 행사 현장에서 레몬과 인사를 나누는 사람들에게 레몬이 얼마나 훌륭한 개인지 설명하다가 문득, '정말 이렇게 좋은 개를 왜 나는 다른 사람에게 보내려고 하지?' 라는 생각이 들었다고 했다. 결국 레몬의 매니저들은 그 모든 열성적인 입양 홍보가 자기 자신을 향한 것이었음을 인정했고, 우리는 더할 나위 없이 기쁜 마음으로 레몬의 데뷔 소식을 알렸다. 이렇게 귤엔터의 열아홉 멤버 중에 열일곱 멤버는 가족을 찾았고, 오렌지는 아직 데뷔를 기다리는 중이다. 여기까지 긴 글을 쭉 따라온 누군가와 오렌지의 인연이 닿기를 소망해본다. 당신의 반려견은 나야 나!

유기견 아이돌을 넘어서

사실 귤멍멍이들을 유기견이라고 표현할 때마다 우리는 여러 가지 고민이 들었다. 왜냐하면 귤멍멍이들은 딱히 유기된 적이 없기 때문이다. 하지만 가족을 찾고 있는 상태의 구조된 개를 표현할 보편적인 말이 달리 없어서 유기견이라는 말을 써오다가, 연합 오디션에 참여하게 된 멤버들의 사연을 보고 있자니 고민이 더 깊어졌다. 이들은 들개이거나 마당개이기도 했고, 쉼터에서 보호 중인 개이거나 보호소에서 학대를 당한 개도 있었고 유기되었는지 어떤지 과거를 알 수 없는 개들도 있었다. 이 개들이 경험한 각양각색의 고통의 역사를 표현할 수 있는 단어가 유기견이라는 말 외에는 없다는 사실이 의아했다. 우리는 지난 1년여의 과정 속에서 이 개들에 대해서 설명 할 이름을 찾아야 한다는 생각을 해왔다.

누군가에게 제주도가 국내 유기견 발생률 1위라는 이야기를 하면 십중팔구는 '관광객이 제주도에 그렇게 많이 개를 버리고 간다더라'는 관광객 유기설을 이야기한다. 육지 사람들뿐 아니라 제주 도민들도 많이 하는 이야기다. 하지만 제주도 유기견의 절대다수는 마당이나 밭에 묶어 키우다 유실된 개들이다. 제주 내 동물 보호 단체들은 물론 제주유기동물보호소의 관계자들도 오래 전부터 이와 같은 사실을 지적하고 있었다. 이런 상황은 제주도뿐 아니라 우리나라 어느 지역이건 상황은 크게 다르지 않을 것이라 생각한다. 그런데도 어째서 여전히 관광객 유기설만이 널리 알려져 있는 것일까? 아마 '그 먼 제주도까지 가서 가족 같은 개를 버리고 오는 인간'을 비난하는 것은 쉬운 일이기 때문일 것이다. 하지만 소수의 나쁜 유기범을 비난하는 것은 해결책이 될 수 없다. 문제는 시골개를 키우는 방식, 나아가 우리 사회의 반려견 문화 전반에 있다.

　　우리는 그동안 '시골에서는 원래 다 이렇게 키워'라는 말을 수도 없이 들었다. 제주도가 아니더라도 우리나라 어느 지역이건 도심을 조금만 벗어나 걷다 보면 마당이나 밭에 묶여 있는 개들을 쉽게 마주칠 수 있다. 그런 풍경들은 현지인에게나 방문한 외지인에게나 시골마을의 평범하고 대수롭지 않은 일인 것처럼 여겨진다. 우리는 그 '자연스러움'에 의문을 던지고 싶었다. 그 개들이 그렇게 사는 것은 당연하고 특별히 문제가 되지 않는다고 생각하는 암묵적인 합의에 대해 이야기하고 싶었다. 그 합의의 결과로 개들은 병에 걸리고 아프고 임신과 출산을 반복하며 먹고 자는 자리에서 배변하고 재해를 피하지 못한 채 1m 반경에서 짧은 생을 살다 죽거나, 헐거워진 줄이 풀려 마당을 나오면 산책이라는 것을 해본 적이 없는 탓에 떠돌이 개로 길을 헤매다 마취 총으로 포획되어 안락사되어 죽는다.

이것은 우리가 흔히 '유기견' 하면 떠올리는 작은 뜬장에 갇혀 안락사를 기다리는 이미지로 다 설명되지 않는 모습이다. 제주도의 드넓은 풍경 속 거리를 배회하는 개들, 아름다운 돌담 너머 제자리를 맴도는 개들이 겪고 있는 삶은 무엇이라고 해야할까? 우리는 이들이 경험하고 있는 삶의 면면에 고통과 폭력이라는 이름표를 붙이고 싶었다. 이름을 붙여야 비로소 '문제'가 되고, '문제시' 되어야 한다는 사실을 알려야 비로소 해결할 수 있을 테니까.

그동안 많은 사람이 우리에게 차기 그룹을 결성할 계획이 있는지 궁금해했다. 그럴 때마다 농담 삼아 밴드 '새소년'의 노래 '긴 꿈'을 패러디해 '개소년'의 '긴 끈'을 준비 중이라고 답하곤 했지만, 사실 차기 그룹에 대한 계획은 아직 없다. 우리도 제주에서 서울을 오가는 고속도로 위에서 이후 무엇을 하고 싶은지 이야기를 나누곤 했다. 글 쓰는 사람이 되고 싶다고 생각하며 제주에 왔는데 그

것이 이뤄진 것을 보면 말하는 대로 다 되는 것 아니냐며 이런저런 흰소리를 나누기도 했다. 우린 무엇을 하고 싶을까? 이야기를 나누다 보면 귤엔터 이전 들개 아카이브에 대해서 구상했던 때가 생각난다.

서울에 살 때에는 길에서 떠돌이 개를 만나는 일이 굉장히 드문 일이었다. 서울에서는 개가 떠돌고 있는 경우 신고와 처리가 신속하게 이루어지며 신고 당일 동물보호센터로 입소시키는 것이 원칙이다. 하지만 제주에서는 떠돌이 개가 돌아다니는 일을 심심찮게 볼 수 있고, 며칠에서 몇 개월씩 같은 동네를 떠도는 개들도 많았다. 그러다 보니 자주 만나는 떠돌이 개들의 생김새나 특징을 알게 되기도 하고 어쩌다가 사연을 알게 되기도 했다. 그렇게 몇 번씩 마주치던 개가 어느 날 사라지고 보면 '포인핸드'의 보호소 유기동물 공고로 확인할 수 있었다.

서울에서 '포인핸드'를 볼 때에는 그저 개들의 수가 많다고 막연하게 생각했는데 잠시나마 마주하고 살아 움직이던 낯익은 개들이 예외 없는 죽음을 앞둔 채 화면 속에 있는 모습을 보니 느낌이 달랐다. 손쉽게 치워지고 숫자로만 잠시 존재했다가 안락사되는 개들의 이야기를 우리라도 기록하고 싶었다. 길에서 만나는 이 수많은 개들이 어디에서 끝없이 나타나는지, 어떤 길을 걷다가 붙잡히고 어떻게 죽임을 당하는지 궁금증이 생겼고 구체적인 답을 찾고 싶었다. 귤멍멍이들을 만나 함께 지냈던 시간 동안 품었던 의문에 대한 많은 답을 찾을 수 있었고, 한편으로는 다시 새로운 의문이 생겨났다. 개들이 언제부터 이렇게 많이 죽기 시작했을까.

사람들이 개를 사랑하게 되면서 개들이 죽기 시작했구나. 개에 대한 옛 기록을 찾는 가운데 떠오른 생각이었다. 더 많은 사람이 개를 사랑할수록 더 많은 개가 죽어가고 있었다. 생각해보면 개에게 관심 없는 사람은 애초에 개와 살지 않는다. 그런 이유로 유기나 학대를 할 수도, 분실을 할 수도 없다. 마당개를 키우는 사람들과 이야기를 나눠보면 이들은 대부분 나름대로 개를 사랑한다. 키우던 개가 목줄을 끊고 유실되면 다른 새로운 개를 데려다가 그 자리를 다시 채우는데, 이유는 개가 없는 집을 생각할 수 없을 정도로 개를 사랑하기 때문이다. 귤멍멍이들의 원래 주인인 할아버지도 개들을 끔찍이 사랑했다. 그리고 우리는 그 사랑의 결과로 개들이 무엇을 겪었는지 잘 알고있다. 우리는 개를 사랑한다는 말 안에 얼마나 많은 것이 생략되어 있는지에 대하여 생각하게 되었다. 개를 사랑한다는 말 속에는 개에게 필요한 것이 무엇인지에 대한 이야기가 비어있다.

우리는 개에게 필요한 것에 대해서 더 많은 이야기를 나누어야 한다는 생각을 한다. 예를 들어 건강한 음식과 안전한 공간, 적절한 운동과 치료, 인간 사회의 다양한 자극에 안전하게 적응해 나가도록 연습하는 것 등이 그것이다. 개의 성격이나 특성, 생애 주기에 따라 필요한 것은 조금씩 달라지는데, 개를 사랑한다는 말에 비해 이런 이야기는 너무나 부족하다. 사실 마당개라는 것은 개의 본성과 욕구에 많은 부분 위배된다.

개를 유기하거나 파양하는 사람들의 가장 큰 이유는 아마 생각한 것보다 힘들어서일 것이다. 개가 어떤 생명체인지 몰랐기 때문에 개와 살아보니 힘이 드는 것이다. 개를 유기하거나 파양하지 않더라도 개들이 보이는 정상 행동을 교정해야 하는 문제 행동이라고 규정하는 것도 비슷한 맥락이다. 개는 인간이 마음대로 해도 되는 소유물이 아니라 동등한 생명이라는 전제 하에서 개와 함께 사는 삶에 대해 이야기 하게 되길 바란다. 우리는 그러한 이야기를 더 해나가려고 한다. 나아가 개와 반려동물을 넘어 인간과 동등하지 않다고 여겨지는 다른 동물에 대한 고민도 이어나갈 생각이다.

그동안 우리끼리 주거니받거니 하며 나누던 여러 가지 문제의식과 고민을 책으로 쓸 수 있게 되어 기쁘다. 부족한 점이 많겠지만 책을 읽는 사람과 우리 자신에게도 앞으로 더 많은 고민과 해답을 찾아나가는 과정의 일부가 되기를 기대하고 있다. 본문에서 이야기한 것처럼, 귤멍멍이 데뷔 프로젝트는 수많은 사람들의 응원과 도움 속에 이루어져 왔다. 글의 맥락상 어쩔 수 없이 언급하지 못한 사람들이 많지만, 한 명 한 명의 도움을 기억하고 있으며 정말 감사하다는 말을 전하고 싶다. 우당탕탕 엔터의 여정에 함께해준 우리 연습생들과 귤타운 가족들에게도 감사드리며 건강하고 행복하길 진심으로 기원한다.

그리고 누구보다도 우리의 모든 여정을 말없이 묵묵히 함께 해주고 있는 반려견 금배이사에게 특별히 감사의 인사를 전하고 싶다. 금배는 우리가 살던 동네 뒷산에서 길고양이밥을 훔쳐 먹다가 발견되어 우리의 가족이 되었는데, 사실 우리는 산신령이 금배에게 적합한 인간을 골라 내려보내준 것이라고 믿고 있다. 이 생명체가 우리에게 불러온 삶의 변화를 생각하면 놀랍다. 그저 열심히 금배의 리드줄을 잡고 따라다녔을 뿐인데 어엿한 엔터의 임원진이 되었고 이렇게 책도 쓰게 되었다. 산신령님, 감사합니다. 산신령님의 선택이 헛되지 않도록 앞으로도 극진히 모시겠습니다. 그리고 아직 마지막 반려견 연습생 오렌지가 가족을 찾고 있고, 책의 첫 장에 등장했던 들개 출신 햇님이가 우리에게 복귀하여 차근차근 재활 교육을 받고 있다. 책이 출간되기 전 오렌지의 데뷔와 햇님이의 첫 산책이 성공하여 모든 일이 어쩌다 보니 또 잘 되었다고 웃으며 이야기할 수 있게 되길 바라며 긴 글을 마친다.

산신령의 임무를 받고 우리와 함께해 준 금배이사

우 리 는
굴 멍 멍 이
유 기 견
아 이 돌

초판 1쇄 발행 2023년 6월 30일

지은이 구낙현, 김윤영
펴낸이 김영신
미디어사업팀장 이수정
편집 이소현 강경선 조민선

디자인 어나더페이퍼
펴낸곳 ㈜동그람이
전화 02-724-2794
팩스 02-724-2797
주소 서울특별시 마포구 성미산로 183, 1층
출판등록 2018년 12월 10일 제2018-000144호

ISBN 979-11-978921-9-6 03810

홈페이지 blog.naver.com/animalandhuman
페이스북 facebook.com/animalandhuman
이메일 dgri_concon@naver.com
인스타그램 @dbooks_official
트위터 twitter.com/DbooksOfficial

Published by Animal and Human Story Inc. Printed in Korea
Copyright ⓒ 2023 구낙현, 김윤영 & Animal and Human Story Inc.

이 책의 저작권과 출판권은 구낙현, 김윤영과 ㈜동그람이에 있습니다.
저작권법에 의해 보호를 받고 있으므로 무단 복제 및 무단 전재를 금합니다.